浅草鬼嫁日記　十

あやかし夫婦は未来のために。（上）

友麻　碧

富士見Ｌ文庫

目次

浅草鬼嫁日記 ● 登場人物紹介

あやかしの前世を持つ者たち

前世 鵺（ぬえ）

夜鳥（継見）由理彦（やとり（つぐみ）ゆりひこ）
真紀たちの同級生。人に化けて生きてきたあやかし「鵺」の記憶を持つ。現在は叶と共に生活している

前世 茨木童子（いばらきどうじ）

茨木真紀（いばらきまき）
かつて鬼の姫「茨木童子」だった女子高生。人間に退治された前世の経験から、今世こそ幸せになりたい

前世 酒呑童子（しゅてんどうじ）

天酒馨（あまさけかおる）
真紀の幼馴染みで、同級生の男子高校生。前世で茨木童子の「夫」だった「酒呑童子」の記憶を持つ

前世からの眷属たち

《酒呑童子四大幹部》

熊童子（くまどうじ）

虎童子（とらどうじ）

いくしま童子（どうじ）　**ミクズ**

《茨木童子四眷属》

深影（みかげ）

水連（すいれん）

木羅々（きらら）

凛音（りんね）

周辺人物

おもち

津場木茜（つばきあかね）

前世 安倍晴明（あべのせいめい）

叶冬夜（かのうとうや）

これはこの世のことならず。
ひとつ積んでは父のため。
ふたつ積んでは母のため。
みっつ積んではふるさとの……かえらぬ日々を思い出す。

さて。
この物語の始まりは、いったいどこだったのか。
この物語の終わりは、何を意味しているのだろうか。
そしてこの物語の行き着く先——
未来には、いったい何が待ち受けているのだろうか。

約千年前。
平安の世を騒がす酒呑童子《しゅてんどうじ》という鬼と、茨木《いばらき》童子という鬼がいた。
この二匹の鬼が、男女の夫婦であったことを知るものは少なくない。

かつて大江山《おおえやま》にあやかしの国を作った王と女王として、あやかしたちの間では伝説の鬼夫婦だったからだ。

しかし、この世の支配者は、いつの世も人間である。

正義とは人。

悪とはあやかし。

故にあやかしは人々の恐怖の対象であり、人の子の英雄に退治されるのが運命であった。

人々に虐げられたあやかし。

居場所をなくしたあやかし。

彼らはこの鬼夫婦に助けられ、大江山のあやかしの国で幸せに暮らしていた。

しかし朝廷は、次第に大きくなっていくこの国を脅威に思い始め、とある妖艶な女狐《めぎつね》に唆されて〝あやかしの国〟を滅ぼすことを決定する。

鬼退治に送り出されたのは、時の英雄・源《みなもとの》頼光《よりみつ》と、その部下である四天王たちであった。

陰陽師《おんみょうじ》・安倍晴明《あべのせいめい》の占いによって大江山に潜むあやかしの国を見つけ出し、間者としてあやかしの国に潜り込んでいた女狐の援護を受けながら、人の子の退魔師たちは鬼退治に興じる。

あやかしの国の象徴であった巨大な藤の木は、炎上。

か弱いあやかしたちの退路を守って雪鬼は、絶命。

八咫烏《やたがらす》は藤の木の苗木を探して、これを死守。

鬼獣《きじゅう》兄弟はお互いを庇《かば》い合って、瀕死《ひんし》の状態に陥った。

無敵を誇った大江山の幹部たちは、その力を女狐の振る舞った〝神便鬼毒酒《じんべんきどくしゅ》〟という異界の酒のせいで封じられていた。

それでも国を守るため、あやかしたちは勇敢に戦った。

しかし、王である酒呑童子は悟っていた。

これ以上はもう、保《も》たない――

結界術で作り上げた国を壊すこと、そして最愛の妻を逃すことを優先し、酒呑童子は源頼光に首を切られて絶命する。

酒呑童子の首を切ったのは、宝刀〝童子切《どうじきり》〟であった。

そう、この時。

この時、酒呑童子が童子切によって首を切られたことで、この物語の幕が上がる。

それは、酒呑童子の最愛の妻であった〝茨木童子〟の物語。

憎悪と、復讐《ふくしゅう》に彩られた、悲しい女の鬼の物語。

愛する夫を殺された茨木童子は、その巨大な憎悪によって悪妖《あくよう》に転じた。

奪われた酒呑童子の首を取り戻すべく、長い長い戦いに身を投じることになったのだ。

右腕を失おうとも。

その身がどれほど腐り、邪悪なものに蝕《むしば》まれようとも。

茨木童子は〝酒呑童子の首〟を求め、敵対する多くの人間やあやかしを殺し、殺し、殺し、地獄《じごく》に落ちるほどの悪行を重ねたのだ。

そうして明治の初期にやっと、その命を終えた。

俺が終わらせた。


悪いのは人か、あやかしか。

それとも誰も悪くないのか。


いいや。そもそもこの戦いが何を発端としているのか、俺だけは知っている。

黒幕にいるのは、いつもあの〝女狐〟だ。

酒呑童子を討ち、あやかしたちの国を滅ぼすきっかけを作ったのは、当時酒呑童子の部下だった〝ミクズ〟という名の女狐だった。玉藻前《たまものまえ》という名前の方が、世間一般的には有名かもしれない。

そもそも女狐はこの世のモノではない。

常世《とこよ》という異界で生まれた九尾狐《きゅうびのきつね》だ。

常世という異界は滅びの只中《ただなか》にあり、九尾狐たちはこの現世《うつしよ》を侵略し、自分たちの次なる居場所となる〝あやかしの国〟を作る方法を探している。

故に、現世に住まう者たちは、人とあやかしとで争い合っている場合ではないのだ。

人もあやかしも力を合わせ、常世の侵略を阻止しなければならない。

双方を繋《つな》ぐことができるのは、鬼として生きた記憶を持ちながら人間に生まれ変わった、酒呑童子と茨木童子だけである。

その名も、天酒馨《あまさけかおる》と、茨木真紀《まき》。

二人の出会いは、星によって定められた運命だった。

俺には千年前から、わかっていた。

何度生まれ変わっても、二人は再び巡り会い、もう一度恋をする。

その時こそが、時代の変わり目であることを。

千年待った。
必ず会わせてやる、と言った。
お前たちを幸せにするために、俺はこの時代に至った。
なぜなら俺は、千年前のあの時代の、二人の鬼夫婦を見殺しにしたからだ。
そのせいで始まった悲劇も、嘆きも、争いも、俺は全てを知っている。
だから絶対に、この時代では、あの二人を見殺しになどしないと誓っていた。

今世こそお前たちは幸せになる。
そのために出会い、死に、生まれ変わり、再び巡り会ったのだ。

第一話　封鎖された浅草

私、茨木真紀《いばらきまき》は、高校三年生の普通の女子高生。

いや。普通の女子高生であったなら、刀で横っ腹を貫かれたり、死にかけて地獄《じごく》に行ったりしていない。

私には、隠しているようで全く隠しきれていない秘密がある。

それは私が前世を覚えているということ。

千年前に悪名を轟《とどろ》かせた〝茨木童子《どうじ》〟という鬼の生まれ変わりであること。

その鬼は、夫であった酒呑《しゅてん》童子の首を求めて、求めて、地獄に落ちるほどの罪を重ねたこと。その罪は、生きながらにして償わなければならないこと。

だからと言って、人生諦めたわけじゃないわ。

私は今世こそ、幸せになりたい。

○

凛音《りんね》に攫《さら》われたのは、三社祭《さんじゃまつり》の時だったっけ。

それから浅草《あさくさ》に戻ることはなく、吸血鬼との戦いや、地獄をへて、やっとの思いでこの現世《うつしよ》に戻ってきたのよね、私。

色々あったけれど、これ、現実世界ではほんの一週間とか二週間の出来事だ。

そして今現在——私の大切な浅草が、大惨事に陥っている。

宿敵である九尾狐《きゅうびのきつね》のミクズが、京都陰陽局《おんみょうきょく》から酒呑童子の首を奪い、浅草のどこかに隠れてしまったのだった。

浅草は異様な妖気に包まれている。

遠くから見るとよくわかるのだけれど、浅草の上空に黒い雲のようなものが、渦を巻くようにして留まっているのだった。ミクズの妖術か何かだろうか……

浅草に住まう人々はこの妖気にあてられて、体調不良を訴えたり、気を失ったり、死に至った者も数人いるらしい。

どうやら、表向きはテロリスト集団によって毒ガスのようなものが散布されたということになっているようだ。

現在の状況を脳内で整理する。

浅草地下街あやかし労働組合が、浅草に住む人々を誘導し、避難させている。

由理《ゆり》、凛音、木羅々《きらら》は、何かに気がついたのか先に浅草の狭間《はざま》に向かった。

陰陽局の面々も、大きな戦いに備えて何か準備をしているようだし、馨《かおる》や津場木茜《つばきあかね》は先ほど京都から東京に戻ったと連絡が入った。

私はというと、長男眷属《けんぞく》であるスイをお供に、浅草に向かっているところで……

「あらら。浅草に入れないわ」

蔵前《くらまえ》付近まで来たけれど、この辺からすでに立ち入り禁止の規制線と、注連縄《しめなわ》が広範囲に張り巡らされていて、一般人は入れない。

その光景は、日常とは程遠く、異常だ。

外に逃げてきた人々が不安げな顔をしていたり、体調不良を訴えていたり、取り乱したり泣いたりしていた。救急車も多数来ている。

陰陽局と思われる人間が注連縄を見張っていて、簡単に浅草に入れる気がしない。

「しっかし凄《すご》い結界だわね、スイ。陰陽局の注連縄と、浅草寺《せんそうじ》を中心とした七福神の結界、そして叶《かのう》先生の四神の結界が張られていて、三重になってるみたい」

「浅草に充満する妖気を外に出さないようにしているんだ。それだけ人間に害があるってことだよ。浅草がここまで酷《ひど》い状況に陥っているなんて思わなかった」

スイは瀕死に陥った私の肉体の治療で手一杯だったため、浅草の惨状はテレビのニュースを通して知っていたらしいが、この状況もまた、刻一刻と深刻化している。

「どうしようか、真紀ちゃん」

「どうしようかって、そんなの強行突破しかないじゃない。あそこにつっ立ってる見張りの人間、はっ倒してでもね」

いかにも陰陽局員らしい、注連縄の見張りをしている男を指差した。

「そりゃまた物騒な。陰陽局と揉《も》めそうだね……」

「上等よ。中に入っちゃえば、こっちのもんだわ。そのまま裏浅草に降りて行けば、もう追いかけられないだろうし！」

「まるで逃走犯のようだね〜」

というわけで私とスイはお互いに頷《うなず》き合い、黄色い規制線はおろか注連縄を摑《つか》んで「よいしょ」と持ち上げる。

そして堂々と、潜《くぐ》る。

「ちょ、ちょちょちょっ！　なにやってんの！　ここから先は一般人立ち入り禁止だって！　見たらわかるじゃん！」

そうするとやはり私たちの異常な行動に気がついて、慌ててすっ飛んで来た人間が一人。陰陽局らしき、スーツ姿のモブ顔の若い男だ。

そのモブ顔は、スイがあやかしであることに気がつき、目の色を変えて一歩下がり懐から対あやかし用の霊符を取り出す。

その動作がやたらとスムーズだったので、ああやっぱり陰陽局の退魔師だわ、なんて思ったものだ。

「何者だ。まさかSS級大妖怪・玉藻前《たまものまえ》の一派じゃないだろうな」

　モブ顔は私たちを睨《にら》む。

　この事件、すでに玉藻前が首謀者であると下っ端にも伝わっているみたいだ。

　ただ、私とスイの存在に、いまいちピンと来てないようだったので……

「あらあら。陰陽局の連中は情報伝達をおろそかにしているようよ」

「俺は確かにあやかしだけど、玉藻前一派というより、茨木童子一派かな〜」

　陰陽局のモブ顔《ミクズ》の男は、私とスイの会話でハッとしたような顔になる。

「なに？　茨木童子？」

　セーラー服姿の女子高生である私のことを、警戒しつつ、まじまじと見る。

「まさかお前が……茨木童子の生まれ変わりとかいう茨木真紀？　いやでも、そんな。死んだって聞いてたけど……」

「いや死んでないけど。確かに生死を彷徨《さまよ》ってたけど。こうやって蘇《よみがえ》ったんだから中に入れてちょうだいね」

「ちょ、ちょっと待て！　偽者かもしれないし、上に許可を……っ」

　陰陽局の男は此《こ》の期に及んで私を止めようとする。

「上に許可って、あんたね」

流石《さすが》に呆《あき》れて、わざとらしく首を傾《かし》げてみせた。

そして持っていた刀を、モブ顔の方にグイと差し出し、見せつけた。

「青桐《あおぎり》さんから、直接この刀を渡されてんのよ私は。青桐さんがどのくらい偉い立場なのかよくわからないけど、多分あんたより上だと思うから、もしあんたがお叱りを受けたら全部あの腹黒メガネのお兄さんのせいになさい。いいわね」

「え？　あ、青桐さんが……」

陰陽局のモブ顔は、チラチラと私の持つ刀の鍔《つば》を確認していた。

それは青桐さんが貸し出してくれた〝対あやかし用〟の刀で、陰陽局のものだとわかる晴明桔梗印《せいめいききょういん》が刻まれている。

それを見た途端に、モブ顔は素直になり「通れ」と言ったのだった。

私は内心「こいつをはっ倒さなくて済んだわ」とホッとしつつ、表向きはフンと格好つけて髪を払い、つかつかと奥へと進む。

妖気で空気がくすんで見える、浅草へ。

そんな私の背中に向かって、陰陽局の男は上ずった声で「おい！」と声をかけてきた。

「お前たちは知らないかもしれないが、この中は酷い。本当に酷い。退魔師ですら迂闊《うかつ》に活動できないほどの、強い妖気に満ちているぞ」

「…………」

「それでも、お前たちなら、この状況を何とかできるのか!?」

私とスイは振り返る。

不敵な笑みを浮かべ、私は返事をしてやった。

「そのために、私は浅草に戻ってきたのよ。地獄の底からね」


浅草の中心へと進めば進むほど、濃い妖気が沈殿している。

私は思わず、口元を腕で抑えた。

「これは確かに、凄い妖気ね。むせ返りそう」

「あやかしですらそうなんだから、人間にはひとたまりもないよね。浅草地下街の人たち、大丈夫かな。この妖気の原因は、おそらく、上空のあの黒い渦だろうけど……」

スイが空を指差した。

浅草の空は、とぐろを巻いた雲のようなもので覆われている。

そのせいで街も薄暗く、昼間のはずなのに日光を感じられない。

それに息をしたら喉がピリピリするし、じんわりと苦い味がしてくる。私も地獄の邪気に慣れてなかったら、人間の身が保《も》ったかどうか……

流石にもう、ほとんど退避していてこの付近に人間はいないようだった。

隅田川《すみだがわ》に沿った江戸《えど》通りは、怖いくらい静かだ。

私とスイは、やっと浅草駅付近に辿《たど》り着く。よく知る浅草の活気などなく、まるで知らない土地にやって来たかのよう。

浅草には、あやかしたちが術で生み出した無数の結界空間〝狭間〟が点在する。

裏凌雲閣《うらりょううんかく》、裏合羽橋《かっぱばし》、裏仲見世《なかみせ》通り……などあるが総じて〝裏浅草〟と呼ばれている。

普段は浅草地下街あやかし労働組合に所属する人間やあやかしが管理しており、現在もあやかしたちの商いやイベント、憩いの場所として利用されていたりする。

ミクズは、この〝裏浅草〟を乗っ取って拠点としている可能性が高いらしい。しかし、随分と奥の方へと引っ込んでいるらしく、正しい居場所は今もまだわかっていない。

私、茨木真紀は周囲を警戒しつつ、まず浅草駅の真下にある浅草地下街に降りていく。

あやかし労働組合の事務所に立ち寄るためだ。

人の気配はなさそうだったが、私とスイはその事務所の扉を開いた。

中は暗く、やはり人気はなかったが、黒革のソファの上で丸まった毛玉が一匹いることに私はハッと気がついた。

慌ててソファに駆け寄る。スイは事務所の電気をつける。

「風太《ふうた》！　あんたどうしたの？」

「姐《ねえ》さん。よかった、来てくれたんだね……」

ソファの上で丸まった毛玉は、豆狸《まめだぬき》の風太だった。

その声は弱々しく、自慢の毛並みもボロボロだ。

風太は私の住むアパートの隣人、ならぬ隣妖である。

蕎麦《そば》屋を営む父親とともに、長年浅草という土地に根付いたあやかしで、その先祖は、かつて酒呑童子と茨木童子に仕えていた豆狸だった。

「どうしたの……っ、酷い怪我《けが》だわ」

応急処置を施しているようだったが、風太は深手を負っていて、ぐったりとしていた。

薬師のスイが、自分の懐からあやかし専用の傷薬や痛み止めを取り出し、風太の手当てをし直す。その最中、風太はか細い声で私に事情を伝えた。

「俺、今朝は裏浅草で、いつものように案内人のバイトをしてたんだよ。……そしたら急に、あいつらがやって来た」

「あいつら？」

「狐《きつね》の女だ」

白拍子の服を纏《まと》った、一尾の美しい女狐《めぎつね》。

そしてその配下の、錚々《そうそう》たる大妖怪たち。

その女狐はミクズに違いない。そして陰陽局的には〝玉藻前一派〟と呼ばれているが、ミクズに付き従う妖怪たちもいるようだ。

ミクズは突如現れて、裏浅草でのんびり平和に過ごしていたあやかしたちや、案内所にいた風太たちを襲い、コロコロ笑ってこう告げたという。

『腹が減っては戦ができぬ』


そして何の敵意も悪意もない、か弱いあやかしたちを襲って、捕らえて、食った。

逃げ惑いながら、怖い思いをしながら、引き裂かれ、丸呑《の》みにされ、貪《むさぼ》られ……

風太が、その惨劇を思い出したかのように頭を抱え、ブルブルと震え、食われたあやかしたちの名前を連ねる。

その中には私がよく知るあやかしや、普段お世話になっているあやかしもいた。

「みんなみんな、みんな食われた。ミクズに。あの女の仲間たちに。裏浅草には親父《おやじ》やせっちゃんもいたけど、逃げる途中で逸《はぐ》れちゃったし、その後どうなったかわからない。俺は、俺だけは、なす術《すべ》もなく逃げたんだ……っ」

風太は浅草地下街の管理するマスターキーを持って、このことを大和《やまと》組長や陰陽局に知らせるよう、皆に言われたという。

故に、誰より早く逃げる必要があったのだ。だけど、

「うっ、うっ。俺はバカだ。弱虫だ。何にもできなかった」

風太はひたすら後悔に苛《さいな》まれ、悔し涙を流していた。

「……風太」

痛みなんてどうでもよくて、仲間や友人、家族の安否が心配で、不安と恐怖で泣いているのだ。

私はグッと下唇を噛《か》む。

強く噛みすぎて、血がツーと唇から流れ落ち、顎を伝っているのがわかる。

「真紀ちゃん、落ち着いて」

スイに言われるまでもない。

私はこれでも、冷静でいることを忘れてはいなかった。

「風太。あんたの無念は私が晴らすわ。大怪我をしてるんだから、薬で痛みが引いたら、できるだけ早くここを離れなさい」

「姐さんは？」

「もちろん、ラスボスを倒しに行くわ。ラスボスだけじゃなくて、雑魚も中ボスも。浅草のみんなを傷つけた連中全員、けちょんけちょんにしてあげる。浅草から、場外さよならホームランよ」

それはかつて、浅草の治安を守るために、私がよく言っていた決まり文句だった。

「裏浅草には、生き残ったあやかしも絶対にいるはずよ。私が必ず助け出す。約束する」

私は風太に視線を合わせて、強い眼差《まなざ》しで断言した。

「というわけで、裏浅草に降りたいから、マスターキーを貸してくれないかしら」

「え？　ダ、ダメだよ！　今、裏浅草はミクズたちに占領されている！　あいつらは普通じゃない。一目見ただけでその妖気に怯《ひる》んだ。格が違うって。あれが大妖怪なんだって。いくら姐さんでも……っ」

「……あんたね。さっきの話聞いてた？　ラスボス倒しに行くなら、敵の巣窟に飛び込む以外にないじゃない。ていうかもともと、私たちのテリトリーでしょ」

「で、でも……」

風太は混乱している。

仲間たちを助けて欲しいのに、私には戦って欲しくないと思っている。

それだけ敵の殺気や妖気に怯んでしまったということだ。

「浅草の絶対ヒロイン、茨木真紀とは私のこと。あんただって知ってるでしょ。私とても強いのよ」

「わかってるよ！　わかってる……っ、姐さんが強いことくらい。でも、姐さんは正義の味方だ。あいつらは純粋な悪だ。悪意のある大妖怪に、姐さんのようないい人じゃ、傷つけられるばかりだよ」

風太はとても気の優しい、ゆとり世代のあやかしだ。

私が傷つくことが怖くて仕方がないのだ。だけど、

「聞き分けの悪い子ね。甘ったれたことばかり言ってると、狸《たぬき》鍋にして私があんたを食うわよ」

傷ついて泣いてる、小さな豆狸の首根っこを摑《つか》み上げ、凄《すご》む私。

風太はその涙をひゅっと引っ込め、更にガクガク震えた。

「風太、いいこと。あんたは知らないかもしれないけど、私、真っ白な正義の味方じゃないわ。あんたがドン引きしてしまうくらい、罪深いことをいっぱいやらかした鬼だったのよ。それこそ地獄に落ちてしまうほどの、ね」

「姐さん……？」

「私はそんな前世の罪に蓋《ふた》をして、今世こそ幸せになりたいとか言って、馨にも嘘《うそ》をついて……まるで償いをするかのごとく、浅草のあやかしたちを助けていたわ。小さなことから大きなことまで、色々やったわね」

語りながら、苦笑する。

風太を見ていると、私と馨と由理の三人で、平和だった浅草で日々あちこちを走り回って、あやかしたちの問題ごとに首を突っ込んでいた頃を思い出す。

それほど昔のことでもないのに、何だかとても、懐かしい……

あんな風に、私の嘘もみんなの嘘も暴かれることなく、甘ったるい平和の中で夢でも見

るかのごとく、生きていけると思っていた。

「だけどもう、逃げないって決めたの。嘘の先に私の求める幸せはないんだって、わかったから」

ミクズは私の最大の仇《かたき》だった。あの女狐にどんな事情があったとしても、私は渾身《こんしん》の私自身で、あの女と決着をつけなくちゃいけないのだ。

もう二度と、あの女に大切な居場所を奪われ、壊されてはならない。

その強い決意を言葉にすることで、私自身、改めて覚悟する。

「わかったよ、姐さん。ごめん、弱虫なことばかり言って」

風太も私の覚悟を感じ取ったのか、ゴシゴシと目元を拭った。ポッキリと折れた心が、少し立ち直ったようだった。

「絶対に戻ってきてね」

そして小さな狸の手で、頭の上にのせていた一枚の葉っぱを取って、私に差し出す。

葉っぱは私の手に渡るや否や、薄汚れた金の鍵になった。

それは裏浅草のあちこちに、自由自在に行くことができる、浅草地下街あやかし労働組合専用のマスターキーだった。

「ありがとう、風太。大好きよ」

私は風太をギュッと抱きしめて、その額に口づけた。

大人しくしていたはずのスイが、隣で「ぎゃー、羨ましい！」と喚《わめ》いてうるさかった。

「姐さん。馨さんは？」

豆狸の風太は、ふと私に尋ねた。

私の側に馨がいないことに、違和感を抱いたようだった。

「すぐに来るわ。私を見つけ出すの、馨は得意だもの」

私は、マスターキーを事務所内にある絵画のド真ん中に押し当てる。

その絵画は食卓を描いたもので、ちょうどド真ん中のリンゴの絵に鍵穴が隠されていたのだった。鍵穴に差し込んだマスターキーを、グッと回す。

「開け。〝裏浅草〟――」

すると絵画は水面のように揺らいで、アーチ状の出入り口に変化した。

通り抜けた先は、裏浅草一丁目。

ここに来ると、いつも視界の彩度がグッと下がった感覚に陥る。

裏浅草の、しっとりどんよりとした空気はいつものことながら、その中にピリピリした異様な気配がある。

殺気の残り香のようなものと、血の匂いが、嫌でも漂ってくるのだった。

第二話　その名も大嶽丸

「まさか、裏浅草《うらあさくさ》がミクズとの最終決戦の場所になるなんてね……」

裏浅草の数珠川《じゅずがわ》沿いを歩きながら、私はブツブツと呟《つぶや》いた。

ここまで風太《ふうた》に貰《もら》ったマスターキーを使って移動しながら、私たちはミクズ一派のあやかしたちが暴れ、壊した痕跡を色々と見た。

裏浅草の中にある露天や建物は、まるで、爆発か災害にでもあったかのように破壊の跡が残っていた。

ただ、なぜか怪我《けが》をしたあやかしや、凄惨《せいさん》な遺体を見ることはなかった。骨も肉片も、残らず食い尽くされただけかもしれないけど、血の跡はあっても、それ以外が残っていないのだ。

この辺は特にあやかしが暴れた痕跡はない。数珠川は裏浅草でも辺鄙《へんぴ》な場所にあるから、まだ敵側が見つけていない可能性もある。

こういうところに、生き残った者がいるといいのだけれど……

本来ここは小豆洗いたちが小豆を洗っている場所で、遠くには小豆畑も広がっている。

以前、私と馨《かおる》が合羽橋《かっぱばし》デートで立ち寄った場所だった。

しかし小豆洗いたちの姿はなく、数珠川を時々、小豆が静かに流れて行くだけ。

私の後ろについて来ていたスイが、この緊張感と、どんよりとした空気をどうにかしたかったのか、

「そういえば風太君と話してた時、『もともと私たちのテリトリーよ』みたいなこと言ってたけどさ。俺はよーく覚えているよ」

などと言って、人差し指を立てて語り始める。

「実は浅草にある狭間《はざま》、通称〝裏浅草〟の基盤は、かつて茨姫《いばらひめ》が作ったんだってこと。これを知ったら馨君とっても驚くだろうね。お株を奪われたと思うかも」

私はスイをチラッと見上げ、困ったように眉を寄せた。

「大魔縁《だいまえん》だった頃の話よ。酒呑童子《しゅてんどうじ》の見様見真似《みまね》でやったらできたってだけ。今はあんまり上手《うま》くできないわ。人間の身で狭間結界術を使いこなす馨は、やっぱり凄いのよ」

そう。浅草の地下に張り巡らされた狭間結界は、もともと大魔縁茨木童子《いばらきどうじ》が作ったものだった。

当時、明治維新によって日本が大きく揺らいでいた。

閉ざされていた東の島国の門が突如として大きく開かれ、異国の文化や情報が次々に入ってきて、あやかしたちはますます日本に居場所をなくし、めくるめく時代の流れに戸惑

いを隠せずにいたのだった。

そういうあやかしたちが一時的に身を潜める場所が必要だと思ったから、浅草という地に狭間結界をいくつか作り、簡易的な逃げ場を設けた。

と言っても、当時は現在ほどの規模ではなく、浅草のあちこちにポツポツと点在していたモグラの巣穴のようだった。

ほとんどはのちに別のあやかしたちが継ぎ接《は》ぎしながら作って、道を繋《つな》げて、今みたいな狭間同士で繋がった大規模な迷宮路となっている。

ま、私が死んだ後にそれを先導してやってのけたのは、今、私の後ろにいるスイだとわかっているけれどね。

スイは、茨姫のやり残したことを、浅草に留まってまでやっていた眷属《けんぞく》だった。

「真紀《まき》ちゃんは知らないだろうけど、戦時中はね、この辺の狭間は東京中のあやかしたちが逃げてくる防空壕《ごう》の役目も果たしていたんだよ。たくさんのあやかしたちが、そのおかげで助かったんだ」

「そうだったんだ。スイも戦争を経験したのよね」

「勿論《もちろん》。酷《ひど》い時代だったよ」

スイは古い記憶を辿《たど》るように、目を細め、遠くを見ていた。

「千年前とは戦争の規模も仕様も、戦う相手も変わったけれど、本当に愚かな行為だ。東京大空襲では、人もあやかしもたくさん死んだ。焼き尽くされた」

彼はその時の、炎の色をよく覚えている、と言った。

「浅草も壊滅的だった。黒煙と炎に包まれて、黒く焦げた人間を見た。俺は焼けただれた人間やあやかしを裏浅草に運んで、自分の水と薬で助けたけれど、それはもう虚《むな》しい気持ちでいっぱいだったよ。人間同士でもあんな風に争うのに、人とあやかしが相容《い》れるはずないって……思ったものだ」

「……そう。そうよね」

スイの言葉は重い。私はその戦争の時代は知らないから。

彼の言う通りなのかもしれない。

人と人ですらわかり合えないことがあるのに、人とあやかしが理解し合って、手を取り合うなんて、この先もずっと、あり得ない話なのかもしれない。

「ミクズも、そんな戦争を……常世《とこよ》で経験したのかな」

私はぽつりと呟いた。

今から倒しに行く敵について、少し。

「真紀ちゃんは、ミクズの素性を知っているのかい？」

「地獄《じごく》から地上に戻る時に、馨に教えてもらったの。馨は叶《かのう》先生に教えてもらったんだって。ミクズと叶先生は、常世っていう異界のあやかしだったって聞いたわ」

「……なるほど。やはり常世、か」

そこは、人とあやかしが終わりのない戦争をしている世界だという。

戦争が破壊の兵器を生み、その兵器が大地を抉《えぐ》り、地下に眠っていた邪気を放出させて、人もあやかしも住める土地を失いつつあると聞いた。

そして残された清浄な土地を巡って、争いは更に激化し、もう後戻りできない滅びの運命を辿っている、と……

だからこそ、常世の九尾狐《きゅうびのきつね》たちは〝別の世界〟に住める土地を求めている。

ミクズはこの現世《うつしよ》に狙いを定めており、常世のあやかしたちが移住できる国を作るために、長い間、諜報《ちょうほう》員として活動しているという。

叶先生もまた、元は常世の九尾狐で、そんなミクズを止めるために転生を繰り返していたんですって。

要するに、酒呑童子や茨木童子の物語の裏には、長い長い、常世の九尾狐たちの陰謀の物語があったのだった。

もしかしたら私たちの物語こそ、彼らの物語の一部に過ぎないのかもしれない。

「私、異界って地獄以外行ったことがないから、全然イメージが湧かないんだけど……。スイは常世のことを何か知ってるの？」

「まあ、ずっと昔に行ったことがあるからね」

「それは、茨木童子と出会う前ってこと？」

「ああ、そうだ。常世にしかない薬があると聞いてね。興味があって行ったんだけれど、まあ酷い世界だった。世界の規模は現世よりずっと大きいし、常世にしかない資源や産物、技術も山ほどあるというのにね。人とあやかしの戦いが、行き着くところまで行った世界だ。千年以上前ですらそう思ったんだから、今なんてもう……」

スイはそこで口を噤《つぐ》んだ。

スイの言わんとしていることは、わかる。

常世はもう、限界を迎えているのかもしれない。

「だからミクズは、焦っているのかもしれないわね」

いつも余裕の笑みを浮かべ、何度死んでも蘇《よみがえ》って、しつこいくらい私たちを追い詰めた。ミクズという女狐《めぎつね》の本心は、私たちが考えるよりずっと、故郷や祖国を失うという焦りと恐怖に囚《とら》われているのかもしれない。

しかしそのことを考えれば考えるほど、憤りや葛藤に苛《さいな》まれる。

私たちの故郷は滅ぼしたくせに。

自分の故郷は守りたいのね、と。

「どのみち、敵の事情を察する余裕は、今の私たちにはないかもね」

私は冷めた口調でポツリと呟いた。

「ミクズを倒して、浅草を守り抜かなければ、私たちの方が大切なものを失ってしまうもの。現に大勢が犠牲になってる。甘さなんて、もう見せちゃいけない」

「うん。そうだね」

「大江山《おおえやま》の二の舞になんてさせない。酒呑童子と茨木童子の物語のラスボスは、やっぱりミクズなんだから」

ミクズは酒呑童子を裏切った。

この裏切りから、全てが始まった。

言い伝えられることのなかった私たちの、千年にわたる物語の幕が上がった。

ねえ、ミクズ。そうやって自分たちの事情や都合のために、他者のものを奪おうとしたり壊そうとするから、争いが終わらないんじゃないの。

「しっかし、結構あちこち見て回ったのに中ボスはおろか、雑魚もミクズの管狐火《くだきつねび》も現れないわね。ミクズは手下をけしかけてくると思ったのだけれど。ラスボスってそういうものでしょ？」

私はキョロキョロと周囲を見渡す。

相変わらず、裏浅草内はシンとしていて、あやかし一匹見当たらない。

数珠川のサラサラ流れる音と、砂利を踏む私たちの足音が聞こえるだけだ。

別に逃げも隠れもしていない。

裏浅草の狭間をずんずんと闊歩《かっぽ》しているのに……

これだけ堂々と歩いていれば、向こうから何かアクションがあると思っていたのだけれど、案外臆病者ばかりなのかしら？　私が怖いとか？

「そもそもミクズは、何が目的で裏浅草に立て籠《こ》もっているのだろう。酒呑童子の首を奪って、今更、何をしでかす気なんだろう」

スイはチラッと私を見る。

「さあね。だけど、特大の悪巧みに違いないわ。私たちの愛する浅草の地を、ミクズに壊されるわけにはいかない。……シュウ様の首だって……」

私の声音は、徐々に低く沈んでいった。

「シュウ様の首だって、あいつに奪われてなるものか」

スイの「真紀ちゃん」という呼びかけで、ハッと我に返る。

冷静さを忘れていないつもりだったけれど、酒呑童子の首という単語が出てくると、こうやって心が乱される。

酒呑童子の首をミクズに奪われたことを考えてしまうと、どうしても心の奥底に、黒い花が咲いてしまう。

確かにそれは、大魔縁茨木童子が、捜して捜して、捜し求めたものだった。

だけど京都で理解したはず。その首にはもう愛《いと》しい人は宿っておらず、シュウ様の魂は天酒馨《あまさけ》に転生し、私と共にいてくれている、と。

酒呑童子の首に執着してはならない。

その首に気持ちを持っていかれたら、大切なものを見失う気がする。

私は気分を切り替えるため、自分の頬をペシペシと叩《たた》いた。

だけどやっぱり気がかりだ。ミクズは今更、酒呑童子の首をどうするつもりなんだろう。

嫌な予感がしてくる……

「そもそもこの狭間、今の所有権は誰なのかしら。ミクズたちのことだから、もう乗っ取ってそうじゃない？」

私は話題を変えた。

狭間結界には所有権というのがある。それは基本的に、狭間を作製した者にある。

しかし狭間の情報を書き換えて所有権を他者に委託したり、奪ったりすることも、馨のような凄腕《すごうで》の狭間結界術師であれば可能なのだ。

大魔縁茨木童子の死後、この辺りの所有権は放棄され、今は浅草地下街あやかし労働組合の管理下にあったはずだけれど……

「あれ？　狭間結界の管理情報ってどうやって確認するんだっけ？　馨はさらっとやっち

やうけど、私やり方知らないんだけど？」

「あ、俺できるよ」

私が焦りに任せて無意味に地面を踏み鳴らしていると、スイがその場にしゃがみ込み、地面に手をつけて何か囁《ささや》く。

するとスイの目の前に、馨がいつも取り出すモニター画面のような、半透明のパネルが現れた。

そこにはこの狭間《はざま》を構成する情報が細かく書き込まれているのだけれど、羅列された情報には作製者の名前や、現在の所有権の在りかもある。

私とスイはパネルを覗《のぞ》き込んで確認する。

「……大嶽丸《おおたけまる》？」

現在、この裏浅草全体の所有権は、大嶽丸という者にあるようだ。

てっきり所有権はミクズが奪ったものだと思っていたので、驚いた。

「大嶽丸って、確かSS級大妖怪の一人だったわよね」

私も、この名前は千年前から知っている。

酒呑童子の時代より前は、鬼といえば大嶽丸というくらいには知られていた、鈴鹿山《すずかやま》を根城にしていた鬼だ。

また、SS級大妖怪とは、陰陽局《おんみょうきょく》が霊力値を基にあやかしを格付けしているものの、最高ランクに位置する階級である。

ちなみにSS級は霊力値一〇〇万超えしている者たちで、現在までに確認された大妖怪は五体しかいないのだとか。

あ、ちなみに茨木童子は五体のうちの一体で、酒呑童子も当然、SS級大妖怪だ。

スイは大嶽丸の名前に覚えがあるのか、頬に一筋、嫌な汗を流していた。

「大嶽丸……俺は一度、その姿を見たことがあるよ」

「え？　どこで？」

「宝島《たからじま》だ。覚えていないかい？　浅草のあやかしたちが狩人《かりゅうど》に攫《さら》われて、人外オークションにかけられた、あの」

私は目をパチクリとさせた。

ほんの数ヶ月前のことだが、浅草のあやかしたちが狩人と呼ばれる者たちに襲われ、攫われる事件が頻発していた。

それはバルト・メローという海賊の仕業で、奴《やつ》らは狩人たちが攫ってきたあやかしたちを鎖で繋《つな》ぎ、競売にかけ、人外コレクターどもに売っていた。

本来、人々に恐れられるはずのあやかしが、人々の欲望のまま買われて行く様は、異様としか言いようがなかった。

しかしそれこそが、この現世が人間の支配する世界であることの象徴でもある。

そしてあの時、私はライと呼ばれていた狩人と対峙《たいじ》した。

本名は、来栖《くるす》未来《みらい》。

酒呑童子の魂を宿したもう一人の男の子に、出会ってしまったのだ。

「スイもあの時、ライに捕まったのよね。大嶽丸っていうのはミクズの味方なの？」

「おそらくそうだろう。少なくとも、ミクズの協力者だ」

スイはそう確信していた。

「ミクズはオークション会場となった宝島を、大嶽丸に作らせた。要は狭間結界術の使い手なんだ。あの時、大嶽丸は戦いの場に出てこなかったけど……少しだけミクズと話をしていたのを、俺は見たことがある。囚われていた時にね」

スイは声を潜めて話を続けた。

そいつから伸びる影には、二本の角があった、と。

「大嶽丸は鬼だ。酒呑童子や茨木童子ほどの知名度はないけれど、伝説持ちの、SS級に並び立つ霊力を持った鬼。相当手強《てごわ》いと思うよ」

「鬼……」

あやかしの中で、鬼という種族は最も凶悪で、霊力値が高いといわれている。

現に、SS級大妖怪も五体中三体が鬼だ。

酒呑童子と茨木童子に並び立つ鬼。いったい、どんな奴なんだろう。

そんな時、どこからか琵琶《びわ》の音のようなものが聞こえてきた。

「飛んで火に入る夏の虫ぃ……」

驚いて顔を上げると、数珠川の反対側の岸に、いつの間にか一人の大男があぐらをかいて座っていた。

その額には、黒塗りの鬼の双角があった。

「侵入者の霊力値が異様に高かったから、いよいよ酒呑童子のご登場かあと思ったら。なあんだ、女の鬼の方じゃねえか」

うねりのある黄土色の髪で目元を隠した大柄の男。

派手な橙《だいだい》色の着物を纏《まと》い、高い下駄《げた》を履いて、手には琵琶を抱えている。

語り方には、妙な語尾の長さと訛《なま》りがある。

あまり上手ではないその琵琶の音が響く度に、側を流れる数珠川の水面が、ビリビリと震えていた。

空間が不安定になったり、また安定したりしている。

なるほど、あの琵琶で狭間結界を操っているのか。

「噂《うわさ》をすれば、何とやらってやつかしら」

私は数珠川越しにその鬼と対峙し、仁王立ちしたまま、我ながら偉そうな口調で問いかける。

「あんたが大嶽丸？　ご期待に沿えなくて悪いんだけど、もしかして馨の方を期待してたのかしら。私じゃ不服なの？」

長い前髪の隙間から、大嶽丸の眼光がちらついた。

「……そうだあ。俺はずっと酒呑童子と戦いたかった。そのために技と術を磨いてきたのに。はああ～、ついてねえ。ハズレだああ」

「ハズレって」

大嶽丸は気だるげな低い声で、それこそ面倒臭そうに私の問いかけに答え、あまつさえ大きなため息をつく。

全体的に覇気がないし、大妖怪にありがちな尊大な態度やオーラがない。

これが本当に、霊力値一〇〇万超えのSS級大妖怪だというのだろうか？

「俺はあ、茨木童子には興味がねえ。茨木童子なんて、所詮は酒呑童子の部下。所詮は永遠の二番手だろう」

「は？」

は？　は？　は？？？

永遠の二番手……？？？？

私もスイも、それを聞いて一瞬こいつの言葉が理解できずに固まった。

今の今まで、実は誰からも言われたことのない侮辱的なセリフである。

そう。大嶽丸は言ってはいけない言葉を言ってしまったのだった。

「ふ、ふーん。言うじゃないのよ。言っちゃったじゃないのよ、あんた」

額に青筋を浮かべ、刀の柄《つか》に手をかけ、鬼の形相で獲物を狙う私。

「真紀ちゃんどうどう！　煽《あお》られちゃダメ！　あいつは何も知らないんだよ！　むむ、無知って罪だよねぇ〜〜っ」

スイが焦りに焦って目を泳がせている。今にも血管がぶち切れそう暴れ出しそうな私を宥《なだ》めながら。

そりゃ確かにねっ！

巷《ちまた》の物語じゃ、茨木童子なんて酒呑童子の部下だけどねっ！

知名度も酒呑童子の方が圧倒的に上だけどね!!

「でもあんたにだけは、絶っっっ対に言われたくないんだけど！　大嶽丸なんて茨木童子より知名度低いじゃない！」

「…………」

「ていうか、妖怪マニアくらいしか知らないんじゃない？　世間一般的にはほぼ無名じゃないのよ、大嶽丸なんて」

「…………」

あ。今度は私が、こいつの地雷を踏んだっぽい。

大嶽丸は琵琶を弾く手を止め、小刻みに震える。

「そ……そんなことないしぃ……最近はアプリゲームのキャラにも出てくるしぃ……」

「どうせ酒呑童子と茨木童子の後でしょ。ネタがなくなったからに違いないわ」

「う……」

またしばらく無言。

やがてのそっと立ち上がると、大嶽丸は持っていた琵琶を大きく振り上げ、激しく地面に叩きつけてぶっ壊した。……激しく地面に叩きつけて、ぶっ壊した！

「!?」

ぶっ壊した琵琶の破片が、数珠川の水面を跳ねてこちら岸まで飛んでくる。

「酒呑童子を倒して亡き者にすればあああああ！　俺が日本一強い鬼になるだろうがあああああああっ！」

大嶽丸、絶叫。

さっきまで気だるげだったくせに。やる気なさそうだったくせに。

ボソボソ聞こえづらい声で喋《しゃべ》ってたくせに！

突如キレた大嶽丸の鼻息は荒く、妖気で長い前髪がふわふわ浮かび、真正面から見えた琥珀《こはく》色の瞳は、やはり鬼らしい狂気と鋭さを宿していた。

「坂上田村麻呂《さかのうえのたむらまろ》に打ち倒され、鈴鹿山に封印されていた俺が目覚めた時には、もう俺の伝説なんて掻《か》き消えていて、鬼と言えば酒呑童子になっていた！　おまけで茨木童子！」

「…………」

「現代に至っては大嶽丸なんて誰も知りやしねえ！　このイメージを払拭するため俺はずーっと狭間結界の技術を磨いてきたのだ！　そう。酒呑童子を討ち滅ぼしぃ、日本一の鬼に俺はなる！」

日本一の鬼に俺はなる……

どうして鬼の男の子って、こう、いい大人になっても〝少年の夢〟を忘れられないのかしら。遠い目。

「言っておくけど、そりゃ無理よ。夢を抱き続けて努力してきたあんたには酷な話かもしれないけど。あんたには決定的に足りないものがあるのよね」

「な、何だそれは」

ここで私は、大人になりきれない大嶽丸に、現実を教えてあげることにした。

川向こうの大嶽丸に向かって、ビシッと指を突きつける。

「酒呑童子は強いだけじゃなくて超・美・形だったの。超美形だったから、その伝承が残って超有名になったのよ。おわかり？　所詮は顔よ顔。あんたが馨を倒したところで、世

「ま、そもそも馨はあんたに負けやしないでしょうけどね。なんせこの超絶美少女の私が妻だもの！　その時点で優勝よね！　あはははは！」

ドーン、と自信たっぷりの顔をして、腰に手を当ててわざとらしく大笑い。

我ながらいい性格をしていると思うが、先ほどのお返しである。

大嶽丸はというと、さっきからずっと呆然《ぼうぜん》としてしまっている。

まあ、ね。大嶽丸はお世辞にも美男子とは言い難い。

別に顔が全てじゃないけど、大柄で恰幅《かっぷく》は良《い》いが髪はボサボサとしているし、派手な着物を纏っているわりには背中が丸まっていて自信なさげに見える。

声はボソボソと小さい。突如キレるし。

これじゃモテないだろうな〜……って感じ。

「別に他人の生き方や見た目に文句言いたくないけど、酒呑童子を一方的にライバル視して、馨に喧嘩《けんか》売ろうってなら話は別よ」

「………」

「ていうかこの狭間《はざま》の所有権さっさと返してくれない？　元々は私のものなんだけど？

酒呑童子に敵《かな》わない上に、あんたが二番手と蔑《さげす》んだ私の狭間を借りパクしてるようじゃ、日本一の鬼には程遠いわね」

「お前の……狭間……？」

「そうよ。裏浅草の大半は、私が基礎を作ったのよ。凄《すご》いでしょ？」

正直、今の緻密で完成度高い〝裏浅草〟という狭間を作ったわけではないが……

そういう細かい説明をすると長くなるので端的に述べた。

大嶽丸は、それを勘違いしたのか何なのか。

眉を八の字にして、つぶらな目を見開いて、何だかこちらがかわいそうになるくらい、
ショックを受けている。

「キ……キキ……」

大嶽丸は俯《うつむ》いて、大きく震え始めた。

その巨体が揺れると地面も小刻みに揺れた。

「キエエエエェェェエエエ！」

「!?」

「キエ、キエ、キエエエエェェェエエエ！」

再び絶叫。両の拳を宙に掲げ、言葉にし難い大きな奇声を連続して発した。

鬼の鳴き声、とも言える奇声に私もスイも耳を押さえる。だけど押さえていても奇声は
聞こえるし、バリバリと空間の割れる音もした。

周囲に目を配ると、実際に、数珠川の景色にヒビが入って見える。

「茨木童子もおおおオオオ！　狭間結界術の使い手だったのかあああアアアア！」

また空間にピシッと大きな亀裂が入る。

煽っておいて何だけど、これ少しマズイ状況では……

「お、大人しい奴《やつ》ほど、キレると怖いってやつ……？」

「真紀ちゃん！　こいつ声で狭間結界を破壊できるみたいだ！　結界の崩壊に巻き込まれたら一溜《た》まりもない！　一旦引こう——……」

スイがそう提案したのも束《つか》の間。

大嶽丸は、狭間の崩壊によって剝《は》がれ落ちる空間の破片に気を取られているスイに向かって一瞬で飛びかかり、壊れた琵琶の柄を振り下ろした。

壊れた琵琶の柄はオレンジ色の炎を纏《まと》い、巨大な大太刀と化していた。

「スイ!?　……っ！」

激しい衝突音が響き、土煙が舞う。

私はその衝撃で遠くへ飛んだが、空中で体勢を整えながら、大嶽丸を見下ろした。

炎を凝縮して固めたような、メラメラした光を宿す刀。

大嶽丸の髪もまた、同じようなメラメラした炎のごとく逆立ち、目は修羅のごとくつり上がっていた。

鬼神《きしん》……という風貌にも見えなくはない。

「スイ！　生きてる⁉」

空中で叫んで、長男眷属《けんぞく》の安否を確認する。

「大丈夫だ、真紀ちゃん」

スイは人間姿から小さな水蛇《みずち》となり、数珠川に逃げ、直撃は免れたようだ。

ただ強い熱のせいで、水蒸気が辺りにモワモワと立ち込める。

私はシュタッと地面に降り立ち、数珠川に浮かぶ水蛇と化したスイに駆け寄った。

「聞いたことがある。大嶽丸という鬼は、炎を操ることができるらしい。そういう特殊能力を生まれながらに持ってたって」

「何それ、凄いじゃない。狭間結界じゃなくてそっち極めた方が良かったんじゃ……」

「真紀ちゃん！　上！」

スイの注意の直後、真上から空間の破片が炎を纏って降ってきた。

それはまるで、落下する隕石《いんせき》のようだ。

スイが咄嗟《とっさ》に水の壁を作って、落下する炎塊から守ってくれたが、私たちがそれに気を取られている最中、炎の剣戟《けんげき》が背後に迫る。

「キエエエエェェェエエエエ！」

また、鳴き声のような奇声を上げて、大嶽丸は我も忘れて私に斬りかかった。

私はそれを自分の刀で受け止めたものの、炎の刃《やいば》は少し掠《かす》っただけで身を焼くようで、その熱気と強い腕力に押し負ける形で、地面を滑るように後退。

片手を地面について、体勢を整える。そして警戒を強めた。

「案外やるじゃない。この私に力で勝つなんて……」

大嶽丸の髪は怒りと霊力で逆立っていたが、ほとばしる霊力も何だか黄色みを帯びて見える。

酒呑童子は青鬼、茨木童子は赤鬼と例えられることもあるけれど……

こいつはさしずめ黄鬼ってところかしら。

「いいわ。信号機カラーが出揃《でそろ》ったところで、鬼同士の本気の縄張り争い……やってやろうじゃない」

私もまた、赤い霊力を惜しみなく垂れ流し、刀を構える。

そして、赤鬼と黄鬼は狭間を駆け、お互いのプライドを懸けて命を取りに行く。

切り結ぶというより、命を消しに行くと言った方が正しいと思えるほどの、激しいぶつかり合い、攻防が続いたのだった。

「はあ、はあ、はあ」

どれだけ斬り合っただろう。

私は血まみれだったし、大嶽丸は片目が潰れている。

気がつけば、この辺の大地は真っ平らな更地と化していた。

私たちが、戦いの最中踏みならしてしまったんだわ。小豆洗いたちに何て謝ったらいいのかわからない……

しかしそろそろ決着をつけないとマズイわね。

こんな中ボスで霊力使い果たすつもりもないし。

「もういい。他の鬼の作った狭間なんていらない。いらない。いらないんだよお……この俺があ、全部作り変えてやる……っ!」

大嶽丸は、持っていた大太刀を掲げ、宙にぐるっと円を描く。

すると空間が焼き切られ、円形の穴ができる。

そこから、ドサッと、地面に落ちてきた大袋があった。

「うぐう……っ」

それを見て、私は思わず目を見開いた。

その大袋には、溢《あふ》れんばかりの〝骨〟が詰め込まれていたからだ。

その骨は人間のものではない。異形のものの骨。

そう。あやかしの骨だった。

「ここで集めた雑魚妖怪どもの骨だ！　この素材に！　俺のお！　オリジナルの狭間結界を構築する！」

「…………」

言葉を失っていた。瞬《まばた》きもできなかった。

まさか、まさかその骨は……

「真紀ちゃん！　真紀ちゃん！」

上空からよく知る声がして、ハッと顔を上げる。

先ほど大嶽丸が開けた空間の穴から、別の何かがチラチラと見えた。

どうやら鉄格子の檻《おり》のようだ。

その中には化け猫のせっちゃんがいて、鉄格子を摑《つか》んで、必死に私の名前を呼んでいた。

せっちゃんの側には、風太のお父さんの豆狸《まめだぬき》もいる。小豆洗いの豆蔵《まめぞう》も。

皆怪我《けが》をしていてボロボロだったし、他にも深手を負ったまま放置されているあやかしが数人いる。

だけど、生きてる——

「真紀っぺ！　そいつから逃げろ！」

豆蔵が涙声で叫んでいた。

「そいつはあやかしを貪《むさぼ》り食って、その血肉を自分の霊力の糧にした後、残った骨で狭間を作るんだ！」

風太のお父さんも必死になって訴えている。

「いいから真紀ちゃん！　逃げて！　そいつの狭間結界に巻き込まれたら終わりだ！　そいつの狭間結界からは逃げられない！」

せっちゃんが必死の形相で、私にそう忠告していた。

「……みんな」

みんな囚《とら》われていて、怪我もしているのに、私の心配ばかりしている。

ここで私が逃げたら、見捨てたら、みんな絶対死ぬのに。

自分の刀を持つ手に力を込め、歯を食いしばる。

怒りでどうにかなりそうだった。

「ええい！　中級の保存食どもは黙ってろ！」

大嶽丸が怒鳴った。

「お前たちはあ、俺の食料兼、狭間結界の素材だろうがあああああ！」

相変わらず大きな声で、ビリビリと耳に響く。

檻の中のあやかしたちは随分と恐ろしい思いをしたのか、もう何も言えなくなった。

大嶽丸はその様子に満足し、大袋の骨を乱暴にそこら中に撒《ま》いて、更には大きな自分の足で踏みつけた。

「さあ、行け。肥やせ。俺の狭間の糧となれぇ」

そうやって、自分の足元から狭間結界を作り変えていく。

骨はバリバリに砕かれ、闇に落とされ、その上に黄金に輝く町や城が構築されていく。

黄金の財宝もうずたかく積み上がり、ギラギラと眩《まばゆ》い。

それは見事な、金色に輝く空間だ。

「狭間結界――俺の黄金郷、だあああああああ！」

大嶽丸が自慢げに〝作品タイトル〟を叫んでいた。

しかし私は、そんなダサいタイトルの黄金郷を見てはいなかった。

ただただ、沈みゆく、哀れな骨たちを見ていた。

それは、小さくて、弱くて、私によく懐いていた浅草の低級妖怪たちの骨だった。

それを何百も殺して、集めて、築いたのがこの黄金郷。

あまりのくだらなさに、どうにかなりそうだった。

だけどどうにもならなくて、怒りを通り越して――心に黒い花が咲いていた。

第三話　だって尊敬できるところが一つもないもの

それは、この世の楽園か、理想郷か。

狭間《はざま》結界〝俺の黄金郷〟は、まさに欲望と見栄《みえ》と技術の全てを詰め込んだ産物だった。

誰のためでもなく自分のためだけに作られた、金ピカで目眩《めまい》がしてきそうなほど、悪趣味な狭間結界。

「どうだ、恐れ入ったかあ！」

「…………」

「狭間結界は自身の肉体の一部を使って構築すると安定し、頑丈になるが、他人の骨でもそれなりに補強できるんだぜえ？　見ろよこの黄金郷を。酒呑童子《しゅてんどうじ》でもこんな精巧な黄金を作ることはできないだろう！　俺は凄《すご》い！」

「…………」

「宝島《たからじま》も、低級たちの骨を集めて俺が作った。バルト・メローが殺《や》ったあやかしの骨が、大量にあったからなあ。その宝島であやかしが売り捌《さば》かれていくのは、なかなか皮肉が利いてたなあ」

何だか一人でハイになって、語っちゃってる。

大嶽丸《おおたけまる》はまだ、私の中に咲いた黒い花を知らない。

「……通りで。大勢死んだと聞いていた割に、その残骸がないと思ってたわ」

私は小さな声でポツリと呟《つぶや》いた。

私の気持ちが沈んでいるので、大嶽丸は私が怯《ひる》んでいると思ったようだ。

ニヤア……と気味の悪い笑みを浮かべ、暴露する。

「食い散らかして残った骨も、俺が全部拾ったからな。こんなに大量の骨があれば、酒呑童子にも負けない狭間が構築できる！　黄金郷なんてあいつは作れないだろう！」

また、俺は酒呑童子より凄いんだぞ、アピールしてる。

私にそう言わせたくて、仕方がないんだろうな。

「……フッ。馬鹿みたい」

ただただ、鼻で笑ってやった。

その一方で、強く刀を握りしめていた手から、熱い血が滴り落ちていた。

私はそれを目の端でとらえた後、その場で一歩、強く、足を踏み鳴らす。

「!?」

ゴーーーンーーー……

大きな鐘の音のようなものが響いた。

と思ったら、途端に、黄金に光り輝いていた狭間全体が砂か塵《ちり》となって崩れ落ちる。

私の〝血〟の破壊力で、狭間を粉々にしてやったのだ。

こいつの喚《わめ》き声よりずっと簡単に壊してしまったので、大嶽丸も呆然《ぼうぜん》。

一瞬にしてこの空間は、ただの虚無だけが支配する、闇の狭間となった。

狭間結界の素材に使われていたみんなの骨だけが、カラカラ、カラカラと大嶽丸の足元に転がって落ちる。

小さな頭蓋骨の窪《くぼ》んだ目が、私を見ている。

「ま、真紀《まき》ちゃん……」

「スイ。檻に捕らえられているみんなを助けてあげて。いいわね」

「……わかったよ」

スイだけは私の黒い花に気がついていた。

言われた通り、頭上で捕らわれていた中級あやかしたちの救出に向かう。

私が狭間を壊したことで、檻の全体が剝《む》き出しになっていて、今なら助け出せると思ったから。

あちらはスイに任せていれば大丈夫だ。きっと皆の怪我も治してくれる。

だから私は、私にできる精一杯の憤怒《ふんぬ》で、この大嶽丸という鬼を叩《たた》きのめさなければならない。

大嶽丸は、いまだ呆然としている。

ご自慢の狭間が、一瞬で塵と化したからだ。

しかし当然といえば当然だ。狭間結界は自分の血肉や骨を使うことで強固なものになるが、こいつは他人の骨で作っていたんだもの。

今の今まで、私のように破壊に特化したあやかしに出くわしたことがなかったんだわ。

自分の狭間がこんなに脆《もろ》いなんて、知らなかったのでしょうね。

「俺の……俺のお……俺の黄金郷があ……」

「俺の俺のって。自分のことばかりで、本当にどうしようもないクズ男ね。鬼の風上にも置けない」

私は虚無の世界を、一歩一歩、大嶽丸に向かって歩む。

「そのくせ、狭間を作る時に、自分は一切痛い思いをしないんだから。いったいどこが、俺の黄金郷なんだか……俺の金メッキ郷の間違いでしょ」

「なっ!? 金メッキ……」

本当に、恥ずかしいやつ。

私、こいつがどうして無名なのか、理解できたわ。

「少なくとも、酒呑童子は自分より弱いあやかしの骨を使って、狭間を作ったりしなかったわ」

私は大嶽丸の少し手前で足を止め、そこのところを、厳かな口調で知らしめる。

「必要な素材は汗水垂らしてせっせと集めていたし、自分の髪や、血肉や骨を使ってでも、良《い》い狭間を作ることを惜しまなかった。酒呑童子はそうやって私たちの国を作った。黄金郷なんて要らないのよ。弱いものから強いものまで、みんなが安全に、安心して暮らせる狭間の方が、ずっと、ずっと大事だったから……」

すぐに思い出せる。

千年前、狭間の国を作った酒呑童子もまた、自分の理想のために努力した鬼だった。

しかしその理想は、あやかしたちの居場所を作りたいという、自分以外の誰かのためのものだった。

あの人は私に言ったもの。

居場所が欲しいのなら俺が作ってやる——と。

「私はそういう酒呑童子の、誠実で、働き者で、自分以外の誰かのために頑張るところを尊敬してたし、愛してた」

「あ、愛……」

私は再び、一歩一歩、大嶽丸に近づいていく。

大嶽丸の足元に散らばった妖骨を、早く、迎えに行ってあげたかった。

「やっぱりあんたじゃ、酒呑童子の足元にも及ばない。だって、憧れたり、尊敬できるところが一つもないもの。だからあんた、無名なのよ」

闇を蹴り、大嶽丸の懐に飛び込んだ。

大嶽丸も素早く対応し、私を迎え討ち、激しく刃《やいば》を交わす。

赤い霊力と黄の霊力が反発し弾《はじ》き合い、刃にのって鋭くお互いの命を取りに行く。

いや、今回ばかりは私の方が強く押していた。炎の刃で頬を切ったが、それが何だと言わんばかりに大嶽丸に向かっていき、その腕を一本切り落とす。大嶽丸の悲鳴が、虚無の空間に響き渡る。

ずっと冷静でいなければと思っていた。

ミクズとの最終決戦まで力を溜《た》め込み、冷静でいなければならないと思って、ずっと、ずっと、抑えていたのに。

「ごめんね、みんな」

ごめんなさい。

ごめんなさい……

私が浅草《あさくさ》にいなかったから、こんなにたくさん、死なせてしまった。

浅草の水戸黄門《みとこうもん》だって、絶対ヒロインだって、絶対に守ってあげるからって……だから安心してって。

ずっとずっと、この私が浅草のあやかしたちに言ってきたのに。

あやかしにだって家族がいて、心があって、居場所がある。

人間と同じルールの下で、平和に暮らしていた者たちばかりだったのにね。

そうやって、あやかしの本分を奪って、誰も傷つけないあやかしでいることを強要された結果が、これだ。

いざという時になす術《すべ》もなく、悪意の餌食にされてしまう。

あやかしたちに秩序を押し付けるのなら、私が絶対に、助けてあげなければならなかったのに。

「クッソおおおぉぉオオオオ！　茨木《いばらき》童子の骨も、俺の狭間の素材にしてやる！　死ねえええエエエエエ！」

片腕を切られた大嶽丸は、残されたもう片方の手で大太刀を握り、私に向かって、渾身《こんしん》の力でそれを振り下ろした。

しかし私は、その場から動かなかった。刀を持つ手すら下ろしていた。

ただ、ゆらりと顔を上げ、向かってきた大嶽丸だけを見据え、囁《ささや》いた。

「地　獄　に　落　ち　ろ」

大嶽丸が振り下ろした刀は、私を一刀両断する手前でピタリと止まった。

何が起こったというわけではない。

大嶽丸自身が、勝手に止めたのだ。

あまりに急に止めたものだから、大嶽丸自身の肉体の筋がピシピシと切れる音がする。

それでも、大嶽丸は自分の意思でそれを止めたのだった。


「あ、ああ……」

奴《やつ》の前髪から透けて見えた瞳には、女の鬼が映って見えた。

いや、鬼ではない。ただの人間の娘のはずだ。

だけど、この、ほとばしる鬼の妖気は何なのだろう。

むしろ鬼というよりこれは、大魔縁《だいまえん》のものに近い。

大嶽丸は刀を地面に落とす。落とした瞬間、それは折れた琵琶《びわ》の柄に戻った。

私は何もしていないのに、大嶽丸の呼吸が早まり、息が上がっている。

その目は恐怖におののいて、大きな図体《ずうたい》をした鬼が真っ青な顔をして、自分の首を片方の手で撫《な》でていた。

「ほんの一瞬……自分の首が飛んだ……気がした」

「………」

「そして俺の首を、お前が持っているところを見た。足元に、彼岸花が咲いていた」

「………………」

「お前の目を見ただけで、死をイメージさせられたんだ。俺はあ」

「………………」

「これが茨木童子。……大魔縁……茨木童子……」

ブツブツ、ブツブツと。

大嶽丸は、もうすっかり先ほどの勢いを失い、自分の首を片手で必死に守ろうとしながら、私の名を呟いている。

「なにそれ、被害妄想？」

その姿が惨めったらしくて、情けなくて。

「あんたの首なんて要らないわよ。私が欲しかったのは、あんたの首じゃない」

心からそう思う。

あんたの首なんていらない、と。

「お、お前は何だ！　鬼なんて生ぬるい。お前を斬ろうとしただけで……俺の悪意は全部お前の殺気にひれ伏して、粉々になった。この狭間《はざま》と同じように」

「……私はただの人間よ」

「馬鹿を言うな！　ただの人間の小娘が抱える霊力じゃねえ！　その霊力には死が潜んで

いる」

大嶽丸の言い分は、もしかしたら的を射ていたのかもしれない。

私は自分自身をクンクンと嗅いでみて、小さくため息。

「……無間地獄《むげんじごく》にいすぎたせいかしら。嫌な気配、纏《まと》っちゃったわ」

やっぱり、無間地獄の彼岸花の香りがする。

悪妖《あくよう》化しているわけでもなくただの人間であるはずなのに、私は鬼のプレッシャーを、本物の鬼相手に放っているのだ。

大嶽丸は長く止めていた息を吐き、その場にあぐらをかいた。

片腕の切り口からぼたぼたと血が流れているが、それすら止めようとせずにいる。

「ダメだ。ああ、ダメだあ。俺にはお前を倒せる気がしねえ。何百年、何千年かかっても。くそ、くそう……っ」

そして一つの結論に至り、頭を執拗《しつよう》に振っていた。

「私が倒せないなら、酒呑童子には到底敵《かな》わないわよ。だって私は永遠の二番手だもの。これでも旦那様を立てる良妻なのよね」

「え……?」

この「え……?」って言ったのは、少し向こうで、助け出した中級あやかしの手当てをしていたスイだけど、聞かなかったことにしてあげる。

戦意喪失した大嶽丸は、

「殺せ。酒呑童子どころか茨木童子にも勝てないなら、もう生きている意味もない」

そういって、私に向かって、本当に首を差し出した。

この鬼にとって、私に負けたことは万死に値する恥なのだろう。

私はまた、大きなため息をついた。

手に持つ刀の切っ先を大嶽丸に突きつけて、目を見開いたまま奴に告げる。

「言ったでしょ。あんたの首なんて要らない。欲しくない。そんな一瞬で、楽にしてやらない。あんたが殺したあやかしたちの数だけ肉を削《そ》いで、骨だけにしてやりたい」

「……そうしたいならそれでもいい」

大嶽丸は項垂《うなだ》れたまま、それをも覚悟していたようだった。

こいつは浅草のあやかしたちを殺した。傷つけた。

その骨を自分の欲望を満たすためだけに扱い、踏みつけた。

私は絶対にこの鬼を許したりしない。

「……っ」

そして、葛藤と怒りをぐっと堪《こら》え、刀と共に鞘《さや》に納める。

「でも、まだ殺さない。ミクズについて聞かなくちゃいけないことが山ほどあるしね。それに、きっとあんたを地獄に落とすのは、私じゃないから」

「え……」

私に殺して貰《もら》えないとわかった時の、大嶽丸の絶望の表情は、かなり滑稽だった。

日本でも有数のSS級大妖怪の一角であるはずなのに、人間の小娘を前に、そんな顔を晒《さら》さないで欲しい。

というか、私自身が、何かの一線を越えてしまったというのだろうか。

我ながら随分と、人間離れしてしまったものだ。

その後、私はメソメソしくしく涙を垂れ流しながら、浅草の低級あやかしたちの骨を埋葬していた。

「ごめんね、ごめんね」

小さな子から、大きな子まで。

みんな弱かったけど、いい子で、大人しい子たちばかり。

生きていた中級のあやかしたちもまた、化け猫のせっちゃんや豆蔵《まめぞう》や、風太《ふうた》のお父さんを中心に、誰が死んでしまったのかを一人一人確認し、埋葬を手伝ってくれる。

「ありがとう、みんな。ごめんね、みんな」

「……何を言ってるんだい、真紀ちゃん。自分を責めないで。お願いだから」

顔をぐしゃぐしゃにして、ずっと謝っているものだから、見かねたせっちゃんが私の肩に手を置いた。

「オイラたちが真紀っぺに助けられてばかりで、弱いままだったからこうなったんだ」

と、小豆洗いの豆蔵が言う。

「そうだぞ真紀ちゃん。あやかしに生まれたのであれば、こういうこともある。真紀ちゃんが泣いてくれるなら、こいつらも浮かばれるってもんよ」

風太のお父さんも、私を気遣ってくれた。

「せっちゃん。豆蔵。おじさん……」

私はゴシゴシと、腕で自分の涙を拭った。

あやかしだって、死ぬのは怖い。ましてや殺されるのなんて。

だけど人間よりずっと闇や死に近い存在だからか、それを受け入れる速度も、人間たちより早い気がする。

「真紀ちゃん、気持ちはわかるけれど、そろそろ切り上げないと。ここももう危ない」

「……うん。そうね」

「みんなも逃げた方がいいね。一度カッパーランドに行ってみるといいかもしれない。あそこは独立した狭間だし、セキュリティーもしっかりしている。何より木羅々《きらら》ちゃんの本体もある。もしかしたら鵺《ぬえ》様あたりが先んじて安全を確保しているかもしれない」

スイは中級あやかしたちに、逃げるよう指示を出していた。

確かにスイの言う通り、カッパーランドは避難場所としては的確かもしれない。賢い由《ゆ》理《り》が、何より先にあの場所の安全を確保していてもおかしくないもの。

「俺たちも悠長にはしていられない。そろそろ、先に行かないといけないよ」

「……うん」

冷静なスイに促され、私たちは遺骨の埋葬を簡易な形で終え、移動しようとした。

本当はもっと、丁重に埋葬して送り出してあげたかったけど……


「おい、待て茨木童子」

私たちが立ち去ろうとした時だった。

縛られて、さっきまで中級たちを閉じ込めていた檻《おり》に入れられている大嶽丸が、私に声をかけたのだった。

私は不機嫌な表情のまま、

「何よ。やっと、ミクズについて何か話す気になったの？」

冷え冷えとした口調で返事をする。

泣き腫らした顔のまま、奴を睨《にら》みつけている。

大嶽丸は私に負けたくせに、さっきからずっと、ミクズについて何も話そうとしなかった。私たちはもう諦めて、骨の埋葬をしていたという訳だ。

それが急に、どういう風の吹きまわしか、

「知っているだろうが、酒呑童子やお前より先に生まれた鬼だ、俺はあ」

奴は自分語りを始める。

「滋賀の鈴鹿山《すずかやま》で山賊の頭領もしていた。しかし鈴鹿御前という美しい女に恋をして、その女に騙《だま》される形で坂上田村麻呂《さかのうえのたむらまろ》に討伐された。それからずっと、鈴鹿山に封印されていた」

封印を解いたのは、ミクズという美しい女狐《めぎつね》だったという。

「ミクズさんは、俺の初恋の鈴鹿御前によく似ていた。というか同一人物だった。そしてミクズさんは俺にこう言ったんだあ。この時代、最も強い鬼は、酒呑童子という鬼だ、と」

そう。

封印から目覚めると、すでに時代が変わっていて、酒呑童子の方が有名になって、英雄のように讃《たた》えられていた。日本一の鬼は酒呑童子だと誰もが言った。

そんな酒呑童子に対し、劣等感を抱きに抱いた大嶽丸。

『酒呑童子が強いのは、狭間結界という術のおかげ。その術で国を築いて王のように振舞っている。同じものを極めれば、あなたは酒呑童子すら超えられる、鬼の王の逸材だ』

女狐は、再び、大嶽丸をそそのかす。

もともと鈴鹿御前に恋をしていた大嶽丸は、一度裏切られているにもかかわらず、懲りずにミクズに恋をして、何もかも言いなりになってしまったらしい。

その頃から、大嶽丸という鬼にも唾をつけていたミクズ。

つくづく恐ろしい女だ……

「酒呑童子の狭間結界術は、もともと鞍馬《くらま》の大天狗《おおてんぐ》が教えたものだという。そこで俺は、比良山次郎坊《ひらさんじろうぼう》という別の大天狗に弟子入りし、酒呑童子の使うものに近い狭間結界術を身につけた」

いつか酒呑童子と戦い、打ち勝ち、日本一の鬼になるという野望を抱いて。

大嶽丸は山奥に引きこもって、天狗の指導のもと修行に明け暮れるのだ。

しかしその時にはもう、大江山《おおえやま》の狭間の国は崩壊していたし、酒呑童子は首を切り落とされ、死去していた。

大嶽丸の野望はついに叶《かな》うことはなかった。

更には時代が進めば進むほど、酒呑童子の名前は伝説となって残り続け、知名度もなぜか高まった。酒呑童子への劣等感と憧れだけを、大嶽丸はこの時代まで拗《こじ》らせ続ける羽目になったのだった。

多分ミクズも、定期的に大嶽丸の前に現れては、酒呑童子と比べるようなことを言って散々煽《あお》ったんだろうな……。

「だが、二番手の茨木童子にすら勝てる気がしねーんだから、もうお終《しま》いだ」

いまだに茨木童子を二番手と宣《のたま》い、檻の中で深いため息をつく大嶽丸。

「あんた、まだわからないの」

だから私も言ってやる。

「酒呑童子の名前が広がったのって、彼に救われたあやかしたちが、その名前を後世に伝えようと、あちこちで語り継いだからじゃないの」

「………」

「自分より弱いあやかしたちを食って、その骨を素材にしているようじゃ、あんたの名前なんて誰も語り継ぎたいとは思わない」

私は檻を摑《つか》んで、ジッとその鬼を見つめ、問いかける。

「あんた、自分を犠牲にしてでも守りたいものなんて、何一つないでしょ？」

スイが隣で、もうやめてあげてと言わんばかりの視線をチラチラ送ってくるが、私はどうしてか涙が出そうになっていた。

だって……

「だって、酒呑童子の野望は、あやかしたちの居場所を作ることだった。シュウ様は最期まで、仲間を逃すことを優先して、立派な鬼の頭領として死んだのよ」

最期まで、自分を犠牲にして、仲間たちを守ろうとした鬼だった。

大嶽丸はしばらく無言だったが、

「……確かにな。お前の言う通りだ。俺には結局、俺を慕う者たちがいなかったんだな。本物の、仲間ってやつが」

意外と素直に、私の言葉を受け入れていた。

プライドをズタズタにされて、やけになっているだけかもしれないけど。

大嶽丸いわく、狭間《はざま》結界の術を極めたことにより、ミクズに認められ、周囲のあやかしたちにも持ち上げられて、良《い》い気になっていた、と。

それで本当に酒呑童子を超えられると思い込んでしまったらしい。

「ミクズさんだって、俺が酒呑童子より格下だってわかった上で、ただ、俺を利用しようと思っていただけなのにな。本当の仲間でも何でもなかったのに」

私は全く別のことを考える。

大嶽丸には王の器はなかったかもしれないが、もともとSS級大妖怪になるほどの霊力値があった。

そんな大妖怪に近づいて、酒呑童子と敵対させようと煽ったり、狭間結界術を極めさせたりしたことこそ、ミクズの陰謀なのではないだろうか、と。

酒呑童子よりずっと扱いやすい者に、酒呑童子の代わりをさせようとしたのではないだろうか。

「で、黒幕のミクズはどこにいるの？　もう教えてくれたっていいでしょ。今更あの女狐に何の義理立てする理由があるってのよ。あんた、本当にあの女に惚《ほ》れてんの？」

大嶽丸は檻の中であぐらをかいたまま、しばらく黙って項垂《うなだ》れる。

やがてポツポツと語り出す。

「……ミクズさんは多分、この裏浅草の最深部にいる。しばらく眠りにつくと言っていた」

「しばらく眠りにつく？　どういう意味よ」

意味不明だが、不安になる言葉だ。

私は「どういう意味よ」ともう一度、問い詰めた。

「さあな、俺にもわからねえ。ただ、ミクズさんに辿《たど》り着くには、彼女の部下を何人か倒さなければならねえとよ。居場所を知っているのは金華猫《きんかびょう》だけだろう」

大嶽丸は、ここで顔を上げた。

「それより厄介なのは、外に常世《とこよ》の対人間兵器〝黒点蟲《こくてんちゅう》〟がすでに解き放たれていることだあ」

「黒点蟲？」

「もしかして、浅草を覆う黒い渦巻き状の雲のことかい？」

スイが会話に割り込んだ。そして黒点蟲について大嶽丸に聞いた。

「あれは常世の兵器なのか？」

「そうだなあ。常世には、人間に対抗すべく生み出された兵器ってのがいくつかある。兵器とはいえ、色々と弄《いじ》くり回された自我のないあやかしなんだがな。〝黒点蟲〟もそのうちの一つだ」

大嶽丸は淡々とした口調で語る。

「黒点蟲。その名前の通り黒くて小さな羽虫のことだ。一見、蝶《ちょう》のように美しいが、群れを成して巨大な蟲《むし》を模すこともある」

その鱗粉《りんぷん》が撒《ま》き散らす妖気は人間にとって有害な毒で、吸い込むと体が動かなくなり、やがて死に至るという。外で起こっている現象と全く同じだ。

浅草に住む人間たちに多数被害が出た理由が、わかった。

「あれは、一気に全滅させなければならない。しかしあんなに小さな羽虫を全滅させるのは至極困難だ。奴らは一匹でも残っていればすぐに増殖する。本当に厄介な、害虫だ」

私はぐっと、檻を摑む手に力を込めていた。

「何のために、ミクズはそんなことを?」

「浅草を〝あやかしの国〟にするために。まずは邪魔な人間を排除しているのさ」

ピクリと眉を動かした。

ある程度予想はついていたけれど、やはりミクズは、この浅草を現世《うつしよ》侵略の拠点とするつもりなのか。

「浅草には無数の狭間があって、あやかしにとって居心地がいい霊気が満ちている。もともと、そういう土地なのさ。だからミクズは、ここにあやかしの国を築いて、現世を乗っ取る拠点とするつもりなんだ」

「ねえ。本当にそんなことが上手《うま》くいくと思っているの? 現世には陰陽局《おんみょうきょく》の退魔師もいるし、人間たちだってあやかし以上に残酷な破壊兵器を持っている。土地に根付いた神々や大妖怪もいる。現世を異界のあやかしが乗っ取るなんて、そんな」

「ハハッ。常世の技術を甘く見ちゃいけねえよ、茨木童子」

大嶽丸は乾いた笑い声を上げる。

こればかりは「わかってねえな」と言われているのは、私の方だった。

「いいか。よく聞けぇ」

大嶽丸は少し緊張感を帯びた声音で、私に告げる。

「黒点蟲にはもう一つ能力がある。空間を食う能力だ」

空間を……食う？

「空で渦を巻いて飛び続けることで、奴らは二十四時間かけて常世と現世を繋《つな》ぐ大きなワームホールを作るんだ」

「ワームホールって？」

「時空の虫食い穴さ。常世と現世に自由に行き来できる穴が空いてしまえば、常世の侵略者たちが、あらゆる兵器を持って次々に降り立つだろう。奴らを現世のあやかしと同じだと思わない方がいい。人間との戦いに慣れた、失うもののない化け物の戦士だ」

私はジワリと目を見開く。

「そうなれば、今浅草を襲っている黒点蟲どころの騒ぎじゃない。現世の結界ごときでは、絶対に対応しきれない」

「……そんな」

「文字通り、この現世は戦場と化すだろう。その混乱に乗じて、九尾狐《きゅうびのきつね》たちは現世を……まずはこの日本を、乗っ取る算段なのさ」

それは大嶽丸の警告通り、とんでもなく最悪の状況だった。

「茨木童子ぃ。お前にこれが止められるか？」

長い前髪の隙間から、大嶽丸の琥珀《こはく》色の瞳が鈍く輝いた。

「ミクズさんは覚悟してる。そこまで自分がもてばいいって」

「…………」

「あいつらもまた、居場所を求めて、終わりのない戦いをしているあやかしなんだってことを……っ」

その時だった。

大嶽丸が語る途中、その胸元から、ミクズの管狐火《くだきつねび》が心臓を食い破って飛び出したのだ。

「!?」

大嶽丸は口から血を吐き、胸から血を噴き出し、そのまま静かに前に倒れた。

私も返り血を浴びたが、急いで檻《おり》を開き、大嶽丸を確認する。

「……死んでる」

私は一度目を閉じて、それをゆっくりと開く。

何とも言えない感情と、動揺が胸を責め立てる。

管狐火はそのまま、どこかへと飛んで逃げようとしていたが、スイによって捕まえられ、そのままジュッと握りつぶされた。

スイは淡々と言う。

「おそらく、このことを喋《しゃべ》ったら死ぬ呪詛《じゅそ》がかけられていたんだろう。きっとミクズの仕業だ。大嶽丸はそれを知っていて、あえて黒点蟲のことを話したんだろうね」

「…………」

最後の最後に、自分ではなく他人を選んだというのだろうか。

それとも生き恥を晒《さら》すくらいなら、自殺した方がマシだっただろうか。

悲しくはない。こいつは浅草の、大切なあやかしたちを食ったもの。

尊敬もしない。そういうのって、長い時間をかけて得られるものだから。

だけど、大嶽丸の忠告が、重大な情報を含んでいたことは確かだ。

私は立ち上がり、大嶽丸の亡骸《なきがら》を横目に、

「わかっているわ」

と囁《ささや》いた。

「だけど絶対に、諦めたりしない」


かつて我が王は、居場所のないあやかしたちのために、国を興した。

しかしその国を奪おうとした異界の狐《きつね》もまた、居場所を求めたあやかしだった。

遠い遠い、遥《はる》かな故郷。

帰りたい場所。
帰るべき場所。

あやかしとは結局、居場所を求めて彷徨《さまよ》う、悲しい生き物なのかもしれない。

第四話　権力の無駄遣い

俺の名前は天酒馨《あまさけかおる》。

酒呑童子《しゅてんどうじ》という鬼を前世に持つ、至って普通の男子高校生だ。

しかし昨日まで外道丸《げどうまる》という名で呼ばれ、閻魔大王《えんまだいおう》にこき使われながら、地獄《じごく》の獄卒をやっていた。更に本日は、浅草《あさくさ》で前世の仇《かたき》との最終決戦に臨もうとしているんだから、俺の人生が怒涛《どとう》すぎるだろ。

もしかして……至って普通の男子高校生ではないのか？　俺は？

今更⁇

「しかも真紀《まき》のやつ、俺を待たずして先に行きやがって……」

俺はブツブツ言いながら、裏浅草を早歩きで歩いていた。

感動の再会なんてありゃしない。

それはもう、地獄でやったからいいってか？

地獄に落ちた真紀の魂を救い出すべく、俺の獄卒として励んだ長い長い努力をどうしてくれよう。

「まあいい。そのおかげで、地獄で身につけた力や情報、酒呑童子の愛刀をそのまま持って帰ることができたしな」

なんせ俺は今、人間でありながら地獄の上級獄卒という立場でもある。

一応真紀の居場所は逐一〝神通の瞳〟でチェックしていて追いかけているのだが、真紀のやつ、浅草地下街のマスターキーを使って自由にあちこち行くもんだから、全然追いつけない。

いっそ電話でもかけてみようか。多分繋がらないと思うけど……

「ん、何だこのアプリ」

スマホを取り出して気がついた。何か、変なアプリがインストールされている。

胡散臭《うさん》いが『獄卒アプリ』とかいうやつが……

どうやらそれは、閻魔大王が異界にいる獄卒たちと情報交換をしたり、通話するアプリらしい。

「うわ……っ」

アプリを開いてみると現世《うつしょ》の〝地獄行きブラックリスト〟みたいなのがあって、まだ存命中だが死亡すれば即地獄行きの〝ヤバい連中〟が名を連ねている。

その中にミクズの名前もちゃっかりあるなあ。

俺たち上級獄卒は、このブラックリストの連中がいざ死んだ時、その魂が無事地獄へ落ちるよう捕獲し、確実に地獄へと突き落とさなければならない。

多分、真紀もそういうので前々から目をつけられていたんだろうな。上級獄卒どもに。

「ん？　裏凌雲閣《うらりょううんかく》に、ブラックリスト入りの大物妖怪が一匹？」

この獄卒アプリ、担当圏内にいる地獄行きの罪人の居場所の情報が逐一流れてくるのだが、ブラックリスト入りの、どいつか、という一番重要な情報はわからないらしい。

肝心なところでポンコツなアプリだな。

「これ……まさかミクズなんじゃないだろうか」

ミクズの居場所は、裏浅草の何処《どこ》かに隠れているということ以外、まだわかっていない。

「行ってみる価値はあるか」

しかし裏凌雲閣とは懐かしい。

ちょうど一年ほど前、そこで百鬼夜行が催されたっけ。

ぬらりひょんの孫と手合わせしたり、深影《みかげ》に大怪我《けが》させられて救急搬送されたりした。

あの頃はまだ、俺と真紀と由理《ゆり》が、それぞれの前世にまつわる嘘《うそ》を隠し持ったまま、偽りの平和の中にいた。

何だかもう、ずっと昔のことのようだ。

たった一年で、何もかもが変わってしまった。

俺たちは前世の〝嘘〟や〝業〟と向き合って、前世の因縁を引き継ぐ形で、再び仇と相見《まみ》えることとなったのだ。

そして真紀と、もう一度恋をした。

「それなのに真紀さんときたら、俺を置いて一人で行っちまうんだからな。追いついたらすでにラスボス倒してました、とか普通にありえるぞ、これ」

いや、いくら真紀でも、そう簡単にミクズを倒せないことはわかっている。

だけど、この裏浅草に籠城したということは、ミクズももう決着をつけたがっているということなのだと思う。

おそらくミクズの狙いは、浅草という地にあるのだろう。

ここ浅草には、あやかしたちが集まる理由がある。

土地に宿る霊力が豊富で、あやかしにとって住み良い空気がある。

だからこそ、俺や真紀を浅草から遠ざけたかったのだろうが……

俺も真紀も、性懲りも無く、地獄の底から舞い戻ってきた。

そう考えると、やっぱり人間離れしてるよな、俺たち夫婦って。

裏凌雲閣の周辺にはあやかしの影すらなかった。

というか裏浅草に降りてここに来るまで、普段ならいるような浅草のあやかしたちに出くわすこともなかったのだが。

裏凌雲閣はその名の通り、明治時代に建てられた、煉瓦《れんが》造りの高層建造物の凌雲閣（通称浅草十二階）を模して作られた狭間《はざま》だ。

裏浅草の中でも目立つランドマーク的存在で、百鬼夜行の会場に使われたり、あやかしたちのイベントや集会ごとで利用される。

レトロなエレベーターに乗って、十二階まで行く。異様に強い霊力を、最上階から感じ取ったからだ。

エレベーターの扉が開いた途端、異臭に鼻を押さえた。

「……っ、何だ、この臭い」

赤い薔薇《ばら》の花びらが目の前を横切る。

確かに薔薇の香りもするが、そうじゃない。この臭いは……腐臭だ。

十二階は、天井からキラキラしたシャンデリアの下がった、広いセレモニーホールのようになっている。

それは元々からそうなのだが、何というか全体的に薄暗く、あちこちろうそくの火が灯《とも》されていて、薔薇で飾られた趣味の悪い棺《ひつぎ》が並んでいるのだった。

中央には長方形の長い食卓があって、白いテーブルクロスと、赤のテーブルランナーの上に、パンやワイン、アンティークな食器、果物やろうそくが並んでいる。

どこぞの結婚式、もしくは絵画でよく見るような西洋の食卓、のよう。

並ぶ椅子には誰もいなかったが、一番奥の席には予想外の男が座って、優雅にワインを嗜《たしな》んでいた。

いや、あれはワインじゃない。

おそらく人間の血……だ。

「ん――……。ミクズ様もおひとが悪い。そもそも大ガシャドクロなどというものが、異国の私には想像できないのだがね……」

などと呟《つぶや》き、その男はテーブルに何かを広げている。

地図？　設計図？　のようなものを……

「おや。誰かが来たと思ったら……ああ、何だ、男か」

中世ヨーロッパの貴族かと思う風貌で、襟の尖《とが》った黒いマントを身につけた鉄仮面の男。

そいつが俺を見た途端、わざとらしくがっかりした顔をしてみせる。

鋭く尖った顎に、オールバックにまとめた髪。鉄仮面の向こうの瞳は血のように赤く、唇は青い。

俺はこいつを知っている。

ドラキュラ公――世界的に有名な吸血鬼だ。

「なぜ、男だとがっかりなんだ」

「私はあまり、男の血を好まないのでね」

その男は、目の前に広げていた紙を折りたたみ、懐に仕舞った。

「……お前、どうして生きている。凛音《りんね》のシェルターで、来栖《くるす》未来《みらい》に斬られたんじゃなかったのかよ」

「ふふ。確かにそうだとも。お陰様《かげさま》で前の肉体は使い物にならなくなったが、魂が無事であれば私は元の姿を取り戻すことができる。ミクズ様の血を少し頂《いただ》き、更に人間の女の血を何十人分と飲んで、ここまで回復したというわけだ」

「……ご丁寧に、説明をどうも」

この異臭も、人間の血や死体の臭いか……

確か、西洋の吸血鬼は、屍人《しにん》が蘇《よみがえ》ってなる化け物だと聞いたことがある。

同族から生まれ落ちたあやかしと違って、死霊や屍《しかばね》が〝あやかし化〟するケースだ。

仲間の吸血鬼・凛音はどちらかというと日本古来の鬼の一種で、そういう種族の親から生まれる。西洋の吸血鬼とは、成り立ちの根本が違うようだ。

ドラキュラ公はワイングラスの中の血を回しながら、優雅な雰囲気で俺に問う。

「ところで君はいったい何者かね？　刀を持っているということは陰陽局《おんみょうきょく》の人間、といったところか」

「全くのハズレだ。俺は……天酒馨だ」

名乗ったところで、ドラキュラ公は顔色を変えた。

そして「ほお」と目を細める。

「天酒馨。ミクズ様がご執心の鬼の王ではないか。こんな坊やだったとは」

「勿体《もったい》ぶったやつだな。どうせ知っていたくせに」

「いやいや。私は異国の吸血鬼。日本の伝承に詳しくないし、そもそもあまり、興味もないのでね」

ドラキュラ公は目の前に手を掲げ、眉を寄せて首を振る。

「どちらかというと、君の妻である茨木《いばらき》真紀の方が興味深い。その血は、我々吸血鬼の長年の夢を叶《かな》える力を秘めている」

その話をした時、ドラキュラ公の深紅の瞳が、獲物を狙うような鋭い光を帯びた。

そういえば、ドラキュラ公率いる〝赤の兄弟〟という吸血鬼集団は、真紀の血を目的に、かつて闇オークションに参加していたっけか……。

「茨木童子の血を飲み干せば、きっと今以上の力を手に入れられる。太陽も克服できるだろう。……しかし残念だ。茨木真紀はすでに葬られたと聞く」

「…………」

「ミクズ様もおひとが悪い。どうせ殺してしまうなら、私にその娘の血肉を与えてくれればよかったものを」

こいつはまだ、真紀が死んだと思っている。真紀が復活した情報が、こいつまで来てないということか。

それを知られると厄介だ、とか。

そもそも人様の妻に手を出すんじゃねえとか……とか。

内心かなりざわついていて穏やかではなかったが、一つ、確かめておきたいことがあって自分のスマホを開く。『獄卒アプリ』を起動する。

「あー、載ってるわ。地獄行きブラックリスト上位に載ってる」

ブラックリスト一覧に、ドラキュラ公の名前を無事確認。

当のドラキュラ公は何のことだかわからなかったようで、

「何をやっているのかね、君。人前でスマートフォンを弄《いじ》るなど最近の若者は……はあ。嘆かわしい」

などと額に手を当ててブツブツ文句を言って、嫌味ったらしくため息をつく。

そしてワイングラスで優雅に血を飲む。

……なんか吸血鬼ってこんな奴《やつ》ばっかだな。

まあいい。俺は何と言われようとスマホで情報を見ていた。ドラキュラ公の動きはしっかり警戒しつつ。

「あ。そういえばバートリ・エルジェーベトとかいう女の吸血鬼……こいつもドラキュラ

ドラキュラ公の情報を漁《あさ》っていて出て来た名前だ。俺は独り言のつもりで言ったのだが、ドラキュラ公がピクリと目元を動かし、反応する。

「血の伯爵夫人のことかね？　もちろん同志だった。しかし人間の娘に騙《だま》され、日光に晒《さら》され、魂ごと焼き尽くされてしまったよ。そう。お前の妻、茨木真紀が殺したんだ」

「……散々、何の罪もない人間の血を吸って殺しておきながら、いざ自分たちが殺されるとやいのやいの言いやがる」

俺はやっとスマホを懐に仕舞い、持っていた刀を鞘《さや》から抜いた。

さあ、準備は整った。鞘を少し遠くに投げ、刀を構える。

カラン、カラカラ……

鞘が地面を転がる音が、広い空間に響いた。

「やる気かね、君」

「やる気も何も、お仕事なんでね」

ドラキュラ公は余裕の笑みを浮かべたまま、グラスの赤い血をぐっと飲み干した。

奴もまた、腰に下げていたサーベルを抜いた。そして長い食卓を挟んで、お互いの出方を見ながら移動する。

「ふふふ。剣と剣の、男同士の決闘は良いものだ」

「さっきは俺が男で残念がっていたくせに、よく言う」

「君は狭間結界術の使い手とも聞く。しかし私は偽りの太陽には屈しないぞ」

どうやらドラキュラ公は、俺が狭間結界術で太陽のある空間を作り出し、自分を焼き殺すのでは、と考えたらしい。

「確かに、狭間結界の太陽でも、精巧であれば肉体は滅ぶかもしれない。しかし、私の魂を殺すことができるのは本物の太陽だけ。今、ミクズ様の解き放った黒点蟲《こくてんちゅう》のおかげで、浅草の太陽もまた、閉ざされている」

「黒点蟲……？」

謎の単語に眉を顰《しか》めた。

浅草を覆う、あの黒い渦巻き状の雲のことだろうか。

「今の私はミクズ様の血と常世《とこよ》の技術で、以前よりずっと強い力を手に入れた。酒呑童子の生まれ変わりだろうが、お前に私を討ち取ることなどできまい」

饒舌《じょうぜつ》に語るドラキュラ公に向かって、俺はフッと、皮肉めいた笑みを零《こぼ》す。

「わかってねえな。恐ろしいのは、ここで死ぬことじゃねーよ」

「……何？」

ドラキュラ公に、俺の言葉の意味はわからないだろう。

しかし俺は地獄に行き、そこで知ったことがある。

世界系を巡る魂の循環において、現世で死ぬことなど、ただの通過点に過ぎないということ。

「お前のような悪党にとって一番恐ろしいのは、死後に何百何千年と終わりのない苦痛を味わうことだ。お前たち吸血鬼にとってその苦痛とは、血を与えられないことと、太陽光を浴びせられ続けること。それは飢えと渇きに等しい」

「…………」

「俺のいた〝衆合地獄《しゅうごう》〟は、まさに飢えと渇きに苦しむ、広い砂漠の地獄だった。本来は色欲に溺れた罪人が落ちるところだが、大罪を犯した吸血鬼もまた、ここに落とされることが多いようだ」

「……さっきから、何を語っているのかね。君は」

いきなり俺が、謎の地獄話をし始めたので、ドラキュラ公が残念な子を見るような目でこちらを見ていた。

そんな冷ややかな視線をものともせず、俺は話を続ける。

「ドラキュラ公。お前の同胞のエルジェーベトに、俺は衆合地獄で会ったことがある」

「は？」

「あの女は太陽の照りつける中、美男の血を求めて俺たち獄卒を追い回していたが、罪人が獄卒の血を吸えるはずもねえからな。ひたすらずっと、ずっと、太陽に身を焼かれながら、血を飲めない苦しみを味わっていたよ。きっと今も同じだろう。何十年、何百年、何千年と同じだ。死と苦しみを繰り返す」

「………」

「吸血鬼にとって、太陽に焼かれる痛みと、血を飲めない苦しみっていうのは、どんなもんなんだろうな。俺にはわからないが、お前にはわかるんだろ、ドラキュラ公」

吸血鬼にとって痛いところを突く。獄卒やってたら、そういうのにも慣れてしまった。

ドラキュラ公の、余裕ぶった表情が僅《わず》かに曇った。

「貴様……地獄を見たのかね」

俺は、先ほどドラキュラ公が座って血を飲んでいた位置まで歩いていた。

逆にドラキュラ公は、さっき俺のいた位置にいる。

「見たんじゃねーよ。俺は地獄の上級獄卒。……お前の天敵だ」

俺は赤のテーブルランナーに手を置いて、ニヤリと鬼らしく笑ってやった。

これとほぼ同時に、ドラキュラ公が卓上に乗り上げ、先手必勝と言わんばかりに、こちらにサーベルを突き刺す構えで向かってくる。

ドラキュラ公としては、これ以上の無駄なおしゃべりを許さず、俺に狭間《はざま》結界を構築させないため、だったのだろうが――

「!?」

奴のサーベルの切っ先は、俺の目の前で堂々と弾《はじ》かれる。

まるで透明のガラスにでもぶつかったかのような、高らかな音が響いた。

シンプルな結界に阻まれるとは思ってなかったのだろうか。奴はぐるりと体を回転させ、自分のマントをまるで影のように伸ばし、俺の攻撃に備え、自分の全面にシールドを張ったつもりでいたが、

「馬鹿野郎。足元がガラ空きだ！」

俺はずっと手を突いていた赤いテーブルランナーを引いて、奴の足場を崩した。

「……クッ」

ドラキュラ公が食卓の上で倒れたところを、上から飛び乗り、刀で貫こうとした。

しかし奴は素早い動きでこれを回避。その身のこなしには人間離れしたスピード感があり、テーブルから下りた少し遠い場所で、体勢を整えていた。

「何と小癪《こしゃく》な。堂々と剣で戦いたまえ！　串刺しにしてやる！」

派手な大技である狭間結界術を使わず、更には刀で斬りかかってくることもなく、さっきからせこ技じみた攻撃ばかりなので、ドラキュラ公はかなり苛立《いらだ》っていた。

こういう、気取ったキャラには小細工が効くんだよなあ。

ここからは奴のお望み通り、刀とサーベルで何度か切り結ぶ。異国同士の剣の戦いは少しやりづらい。奴は何としても俺を串刺しにしたいみたいだし。

なんて考えていると、一度背中を取られ、

俺は首筋に噛《か》み付かれ、血を吸われた。

「……っ」

とっさに退避し、奴の牙からは逃げたので、血は少ししか吸われなかったが……

鋭い牙に、首の柔らかいところを貫かれるのだから、かなり痛い。

真紀は毎度、これを凛音にやられているのか。

そう思うと、なんつーか、やっぱりかなり複雑だな。

「ふふ。さすがは酒呑童子の血だ。少し飲んだだけで、霊力の回復を感じる」

「真紀の血じゃねえのに？　なんか、そういう気になってるだけじゃねーのか？」

俺の血にはその手の力はないはずだが、まあ血を飲めば吸血鬼ってのは気分良くなるものなんでしょう。はい。

だがこれで、俺の方も準備が整った。

「!?」

先ほど俺が引っ張った赤いテーブルランナーが、いつの間にかドラキュラ公の足元に絡まっていた。ドラキュラ公は俺を串刺しにしてやろうと躍起になっていたので、気がついた時にはもう遅かった。

それは赤い奇妙な生き物のようにうねり、ドラキュラ公の体を宙に引っ張り上げ、逆さ吊《づ》りに拘束する。

ドラキュラ公の仮面が外れ、地面に落ちてカラカラと転がる。

「な……何を。こんなもので私を捕らえ切れると思っているのかね」

素顔を晒してもドラキュラ公は余裕であった。その赤いテーブルランナーを切り離そうとしたり、身を捩《よじ》って拘束から放たれようとする。

しかし何をしても赤の拘束が解かれることはない。

何か色々と試していたのを、俺はただ見ていた。

「なぜだ。何をしても逃げられない。この身を捨てて魂だけでも逃げようと思ったが……それもできない……っ」

いよいよドラキュラ公に焦りが滲《にじ》む。

ただ逆さ吊りにされているだけなのに、この状態がすでに詰みであることを、薄々察しているような表情だった。

俺はニヤリと口角を上げる。

「そりゃ逃げられねえだろ。今俺が捕らえているのはお前の肉体じゃなく、魂だからな」

「た、魂……？」

「そうだ。俺が地獄で手に入れたのは、お前みたいな悪党の〝魂〟を強制的に地獄に落とす能力。絶対に逃がさねえ権力だ」

俺はツカツカと、縛り上げられたドラキュラ公の元へと歩み寄った。

「お前は楽だ。何せ、もう死んでるんだから」

獄卒にもルールがあって、いくらブラックリストに名を連ねていても、生者を地獄に落とすのはルール違反だ。肉体が死に至ることで、対象の死を確定し、魂を地獄に引きずり落とすことができる。

真紀を地上に連れ戻す時に突いた矛盾点もまた、ここだった。

吸血鬼は肉体がすでに死んでいるため、魂だけを何とか地獄送りにすることができれば、太陽光を浴びさせずともその死を確定できるのだった。

しかしこいつの場合は、肉体が使いものにならなくなっても魂だけで簡単に逃げ果《おお》せるため、今の今まで獄卒に捕まらなかったのだと推察できる。

そういうことであれば、こいつの魂を今の肉体に固定させたまま捕らえ、肉体ごと地獄に送ってやればいい。なんせ死んでいるんだから。

「さっき俺がお前に、わざと血を吸われたのを覚えているか？　あれはお前のその体に、魂を繋《つな》ぎ止める獄卒術の一つだ。お前のような、魂だけで自由に逃げることのできるやつに使用できる」

チャリ……チャリ……

どこからか鎖の擦れる音が聞こえてくる。

ドラキュラ公を吊るしていた赤いテーブルランナーは、いつの間にか細い鎖に変わっていて、ドラキュラ公を束縛していた。

「な……っ」

ドラキュラ公もそれに気がつく。

本来は血を飲ませる必要はなく、獄卒の血を付着させた箇所に魂を固定するという粘着性の術で〝上級獄卒術・ツナギ〟という。

しかし吸血鬼の場合、血を飲ませると少なからず油断が生まれるだろうと考え、あえて血をくれてやったのだった。

なお、テーブルランナーに触れていた間に仕掛けた術は〝上級獄卒術・クサリ〟というものである。これは長い何かを媒介に、地獄で獄卒が使用している鎖を召喚できるというものだ。なお、ドラキュラ公が座っていた机のテーブルランナーが丁度良さげだな、などというのを最初からずっと考えていた。

今回俺は、警戒されていた得意の狭間結界術は使わずに、獄卒術だけでこのドラキュラ公を倒そうと考えていたのだった。

「お前、真下を見てみろよ」

「………」

ドラキュラ公は鎖に吊るされたまま、何か嫌な気配でも感じ取ったのかそろりと眼球を動かし、真下に視線を向けた。

ドラキュラ公の足元には、ぽっかりと黒い穴が空いていた。

深淵《しんえん》に続く地獄穴《じごくあな》だ。

この地獄穴を一時的に作ることができる術を〝上級獄卒術・オトシ〟という。

地獄穴の奥から、恐ろしい呻《うめ》き声が聞こえてくる。

地獄に落ちた亡者たちの、身の毛もよだつ、苦痛に泣き叫ぶ声だ。

「ドラキュラ公、お前にも聞こえるか？　今から、お前が犯した罪の分だけ、地獄で苦痛を味わうことになる」

「や、やめろ……」

「ほお。吸血鬼でも、地獄に恐怖を感じるんだな」

少し意外でもあった。

こいつらには、痛みや恐怖はあまり効果がないのかと思っていたから。

「だが、お前が殺してきた人間も、お前以上に理不尽な目に遭い、恐怖や痛みを感じたと思うぞ。……悪いが、こっちも仕事なんでね」

地獄穴から、ぬらりと伸びてくる鬼の手は、赤くてゴツゴツしていて、筋肉質。

これだけ見たらホラー映像だが、俺は知っている。だいたいこうやって極悪人の魂を地獄に引きずり込むのは下級獄卒の仕事なので、この手の赤鬼もきっと、真面目で仕事熱心な鬼なんだろう。

しかしやはり、事情を知らないドラキュラ公にはそれが恐ろしいものに思えたみたいで、

「やめろ、やめろおおおおおっ！」

しきりに喚《わめ》き、もがいている。

世界で一番有名な吸血鬼だというのに、見苦しいことこの上ない。

しかし容赦などなく、赤鬼の手がドラキュラ公の頭を摑《つか》み、思い切り引っ張った。

「やめろおおおおおおおおおお！　うわあああああああああああ！」

ドラキュラ公の頭部が簡単に千切れ、獄卒の鬼に持っていかれる。その後、ボトンと残りの肉体が地獄穴に落ちていった。なんか、嫌なもん見ちまったな。

奴《やつ》の絶叫が、いまだに奥の方から響いていたが、それも徐々に遠のいていく。

地獄とこちらを繋ぐ一時的な地獄穴だが、俺がスマホで「任務完了」のボタンを押すとシワシワと縮むようにして閉じていく。

ドラキュラ公の肉体を縛っていた鎖も、元の赤いテーブルランナーに戻って、ひらひらと地面に舞い落ちたのだった。

「……ふう」

現世で獄卒術を使ったのは初めてだったが上手《うま》くいってよかった。文字通り任務完了だ。

すると、ピロンとスマホが鳴った。

スマホの獄卒アプリを見てみると、そこには「入金のお知らせ」とある。

俺は目をパチパチと瞬《まばた》かせた後、ワンテンポ遅れてギョッとして……

「な、なんてこった。電子マネーで大金が振り込まれてやがる……っ」

ブラックリストを一人葬って地獄に落としたからか？

これが地獄の公務員に就職した俺の稼ぎ方だというのか？

上級獄卒の試験で少し勉強していたから知っていたはずなのだが、上級獄卒は基本給に加え、異界のブラックリストを地獄送りにした出来高でボーナスが支払われる。

「いやいや。いやいや。今は金で浮かれてる時じゃねえ。いくら稼いだって、ミクズにこの世を乗っ取られたら終わりだ」

その辺をウロウロしながら顔をパンパンと叩《たた》き、俺はもうスマホを懐に仕舞った。

入金された大金のことは少しの間忘れよう。

これもう獄卒業頑張ってたら就活しなくていいじゃん、とか考えない。

「ん？　何だこれ」

ふと、足元に、何か折りたたんだ紙が落ちていることに気がついた。

そういえば、ここへ来た時、ドラキュラ公が何かを広げて見ていたな、などということを思い出す。折りたたんで、懐にしまったところも見た。

気になって、その紙をひょいと拾い上げ、広げてみる。

それは裏凌雲閣の狭間《はざま》の古い設計図だったのだが、その設計図の端に、妙な走り書きを見つけた。

〝裏凌雲閣の下には大ガシャドクロが眠っている〟

第五話　茨姫が残した足跡

「大……ガシャドクロ……？」

どういうことだ？

桜の木の下には死体が埋まっている、みたいなていで言いやがって。

いや、ガシャドクロはわかる。巨大な骸骨のあやかしだ。

骸《むくろ》や、死者の魂が無数に寄り集まって生まれるあやかしであるため、数多くの者が死んだ戦場などで生まれる。今までも何度か見たことがあるし、真紀《まき》はカッパーランド建設時に出てきたガシャドクロを倒したとか言っていた。

しかしこの大ガシャドクロというのは、いったい何だ？

何か、特定のもののことを言っている気がする。

ドラキュラ公はこの大ガシャドクロを捜すために裏凌雲閣《うらりょううんかく》にいたようだったし、捜してどうするつもりだったのだろうか……

気になって、ここ裏凌雲閣を調べてみる。

地面に手を当てて、この狭間の情報を引き出すのだ。

するとポンと目の前に、透明の薄っぺらいモニターが何枚か現れて、この狭間にまつわる情報を羅列していく。

ここには今まで何度か来たことはあったが、浅草《あさくさ》地下街あやかし労働組合の管理していた狭間であったため、特に気にすることも、調べることもなかった。

勝手にあれこれ調べるのも、何か悪い気がして。

「……地下空間……？」

裏凌雲閣の設計図や周辺情報を調べてみると、裏凌雲閣の真下に別の空間があるようだった。しかもとても大きな空間だ。

それはこの最上階からエレベーターで行けるらしいのだが……

俺はひとまずエレベーターに乗って調べてみる。エレベーターの行き先は一階から十二階までしかなく、ここは十二階だ。地下などない。

エレベーターの側面に手を当てて、裏凌雲閣の情報をもっと深く探る。

すると、この裏凌雲閣の、そもそもの作製者の名前に行き着いた。

「……水連《すいれん》？」

まさかの、あの水蛇《みずち》野郎だった。

今までそんな話、一度も聞いたことがない。まずそこに困惑。

しかしあいつは大魔縁《だいまえん》茨木童子《いばらきどうじ》が死んだ後も、ここ浅草に残り続けたあやかしだった。

ありえない話ではないのかもしれない。

本人がいればもっと色々と詳しいことを聞けただろうが、あいにくここにあいつはいない。

どうでもいい時はウザいくらい、当たり前のように側にいるのに。主に真紀の側に。

「いっそ、水蛇野郎を捜した方が手っ取り早いか？　いや」

俺は顎に手を添え、水蛇野郎がわざわざここに〝裏凌雲閣〟を作った意図を考えてみた。

灯台下暗し、ということわざがあるように、この下にあるという空間を隠すために、水連はわざわざ裏凌雲閣を作った……のか？

「まさか、大魔縁茨木童子に纏《まつ》わる空間なんじゃ……」

俺がその点に勘づいた時だった。

『目を瞑《つぶ》ってごらん……』

急に、どこからか声がしてきた。

誰の声だろう。幼い少女の声がする。

俺はエレベーターの中でキョロキョロと周囲を見回したが、どこにも誰もいない。

ものすごく近いところから声がした気がしたのに。

『目を瞑ってごらん……愛たいのなら』

愛……？

あやかしの類だろうが、俺はそれが悪さをするものの声には思えず、言われるがまま目を閉じた。

するとなぜか、目を閉じた瞼《まぶた》の裏側に、ぼんやりと何かが浮かび上がってくる。

それはエレベーターの行き先を指定するボタンで『↓』というマークだ。

俺は目を閉じたまま、暗闇の中に浮かび上がったそのボタンを、指で押す。

エレベーターは扉を閉めて、下へ下へと降りて行った。

その間、俺は目をずっと閉じていた。不思議とどれほど下っていったのかは、体感できていたのだった。

チーン、とベルのような音が鳴る。

エレベーターの扉が自動で左右に開き、俺はゆっくりと目を開ける。

まず目に入ったのは、夕方の太陽。

思いのほか、明るく眩《まばゆ》い光が目の前をちらついたので、俺は思わず目を細めた。

エレベーターから出ると、潮風の匂いに驚いて、目を大きく見開いた。

「…………」


乳白色にオレンジと水色を混ぜたような空。

その色を反映した淡い海。

足跡一つない砂浜。

穏やかな波打ち際。深い緑色の松林。

ザァァ……ザァァ……

さざ波の音だけが聞こえてくる。

長い間、忘れられた空間が、そこにはあった。


しばらくその、不思議な浜辺の空間を歩いていた。

ザッ、ザッ、と砂浜を踏む音がする。

「……血を吸われたからか？　少し頭がクラクラする」

自分で吸われておきながら、今になって軽い目眩《めまい》に襲われた。

この程度で貧血になるとは、つくづく体は脆弱《ぜいじゃく》な人間のものなんだと思い知らされる。

地獄《じごく》にいた時はちょっとやそっとの無理や怪我《けが》は、心身に全く問題がなかったのを考えると、やはり地獄での俺は〝鬼〟だったんだなあ……

鬼の前世を持ち、地獄の上級獄卒であったとしても、現世《うつしょ》ではただの人間。そう、やはり俺はただの人間なのだ。

肉体が弱ったり壊れてしまえば、人間なんてあっという間にお陀仏《だぶつ》である。

おまけにここの緩やかな時間や、生暖かい日差しは、どうしてか眠気を誘う。

「ダメだダメだ。寝たら死ぬぞ」

そう言い聞かせ、目を瞬《まばた》かせていると、いつの間にか目の前にちょこんと立つ黒い人影があった。

「……ん?」

何だろう。大きな頭蓋骨を被《かぶ》った、小さな影法師だ。

影法師というのはあやかしの一種で、人影のような黒い輪郭を持つ浮遊霊というか。

しかも被っている頭蓋骨、一つ目のものだ……

『こっちだよ。愛に おいで』

エレベーターの中でも聞こえた、子どもの声だ。

影法師には口がないのに、その声だけは何度も脳内にこだまする。

その子は俺を手招きしていた。そのちょこちょこした動きも子どものようだ。

警戒心はあったが、俺は俺を呼ぶその影法師についていくことにする。

しばらく砂浜を歩いていて、自分が立つ細い砂州に見覚えがある気がして、俺は立ち止まる。

「ここ……もしかして、天橋立《あまのはしだて》か？」

本物の天橋立とはかなり違うが、何というか、この場所を夢で見たならこういう感じだろうという、似た部分がいくつかあった。

しばらく歩いて周囲を確認してみたが、砂州は途中で途切れていて、空間の境目は千切られた紙切れのよう。そしてその向こうは、闇。

「誰が作った狭間なんだ、ここは」

裏凌雲閣は水連の作ったものだった。

なら、この空間は、誰だ？

それが気になって、俺はいても立ってもいられなくなって、砂浜に手を置いて狭間の情報を引き出してみる。妙な胸騒ぎがしていた。

「…………茨姫《いばらひめ》」

狭間の作製者は、茨木童子と書かれていた。

彼女が狭間結界術を使えたことはわかっていた。

真紀も、俺の前ではほとんど使わなかったが、一度俺の前で狭間結界術を使ったことがあったから。

だけど、俺はもっと明確に、その理由を理解し始めていた。

浅草の地下に、日本でも珍しい狭間《はざま》結界の集合体の空間があった理由も、きっと彼女にあるんだってこと。

俺はその術をほとんど後世に残すことなく死んだのに、現代のあやかしたちの中には、それが使えるものがそれなりにいる理由も、きっと……

きっと、茨姫が……

「茨姫が、残した結果なんだ」

彼女が酒呑《しゅてん》童子の首を求めて彷徨《さまよ》った結果、浅草という地に辿《たど》り着いた。

彼女が生きた証《あかし》が、歩んだ足跡が、ここにもあった。

きっとこれは、復讐《ふくしゅう》のためだけではない。

酒呑童子の首を取り戻すためだけではない。

茨姫は悪妖《あくよう》となっても、変わらない愛情であやかしたちの未来のことを考え続けていたのだろう。その痕跡が浅草には残っていたのだ。

俺はしばらく呆然《ぼうぜん》としたまま、波打ち際の波に足を濡《ぬ》らして佇《たたず》んでいた。

やがて、砂のついた手を額に押し当て、声を絞り出す。

「俺は本当に、何も知らずに、この地で生きてきたんだな……」

今まで何度も、その事実に打ちひしがれてきた。

今更もう、うじうじとショックを受けたりはしない。

ただ、心に刻むのだ。

一つ一つ、彼女の辿った足跡を見つけて、俺がそれを拾い上げて、大切にしていかなければならないのだ。

「真紀に会いたい……っ」

会いたい。会いたい。

とにかく今、ここで、真紀に会いたかった。

現実世界に生きる真紀に会いたくて、離れていた分だけ愛おしくて、仕方がなかった。

「……馨《かおる》……？」

俺の願いに呼応するように、俺の名を呼ぶ声が聞こえた。

懐かしく、愛おしいその人の声にハッとして、項垂《うなだ》れていた顔を上げた。

海風が、その赤い髪をなびかせて、俺の視線を誘《いざな》う。

少し向こうに、セーラー服の赤髪の少女が一人、佇んでいた。

当たり前のように側にいてくれた女の子の、いつもの姿に、目を奪われる。

「……真紀」

茨姫でも、大魔縁でもない。

そこにいたのは茨木真紀そのままの彼女だった。

「…………」

「…………」

どうしてお互い、こんなにも、離れ離れだったのか。

それがわからないくらい、俺たちはずっと一緒にいたはずだった。

名を呼び合った後、繰り返す波の音だけが響く中、瞬きもできずに見つめ合っていた。

やがて、俺は走り出していた。

向かいにいたセーラー服の少女も、顔をくしゃっとさせて、俺に向かって走る。

パシャパシャ、キラキラと、波打ち際の海水が跳ねる。

沈まない夕方の太陽が見守る中、俺は、毎日毎日、飽きもせず一緒にいたはずのその子を強く抱きしめた。

「真紀、真紀！」

「……馨……っ」

真紀は俺の胸に顔を埋《うず》めて、涙声で言った。

「会えた、やっと会えた！」

「ああ。やっと会えたな……っ」

この世界で、この姿で、やっと会えた。

地獄で再会を果たしたはずなのに、もうずっと、会っていないような気分だった。

しばらくはもう、真紀がここにいること以外何も考えたくなくて、俺たちはただ抱き合っていた。

だけどそうもいかなくて、お互いを抱きしめる力を弱める。

真紀は名残惜しそうに顔を上げて、俺に尋ねた。

「ねえ、どうしてここにいるの、馨」

「……声がしたんだ。俺を呼ぶ声が」

「声？」

真紀の顔に彼女の癖っ毛が張り付いていたので、それを手で払いながら言う。

「一つ目の頭蓋骨を被った影法師だ。あの子が、俺を案内してくれて……」

そういえば、あの影法師はどこへ行ったんだろう。

キョロキョロと辺りを見回しても見当たらない。

一つ目の頭蓋骨を被ったあの子のことを話したら、真紀には思い当たることがあるようで、妙に納得した顔をしていた。

「多分それは、ひーちゃんね」

「ひーちゃん？」

「……江戸時代のことよ。私が酒呑童子の首を捜していた時、幕府に嘘《うそ》の情報つかまされて、一つ目の子どもの頭蓋骨を盗み出したことがあったの」

「あ」

思い出した。

地獄の浄玻璃《じょうはり》の鏡《かがみ》で見た、大魔縁茨木童子の過去。

ちょうど江戸時代の記憶を遡《さかのぼ》っていた時、酒呑童子の首だと思い込んで茨姫が持って逃げていた箱の中にあったのは、一つ目の子どもの頭蓋骨だった。

「ひーちゃんはね、頭蓋骨に宿っていた一つ目の幽霊なの。女の子よ。人間に殺されて、人工の大ガシャドクロの素材にされそうだったんだけど……酒呑童子の首のダミーに使われたのね」

真紀は伏し目がちになって語り続けた。

「仕方がないから、ずっとその幽霊を連れて回ってたわ。私、幽霊苦手なのにね。でも仕方ないわ。私があの子を目覚めさせてしまったんだもの」

江戸の時代から、明治の初期に至るまで。

自分についてくるその幼《おさ》な子《ご》の幽霊を、茨姫はひーちゃんと呼んだ。

なぜひーちゃんかというと、単純に〝一つ目〟の子だから。

彼女の命名センスの微妙さは、当時から変わらないようだ。

「……あの子、俺を手招きして、ここまで案内してくれたんだ」

真紀はハッとして、俺を見上げた後、少し目を潤ませた。

「そっか。あの子、私が〝会いたい〟って言って泣いたのを、ずっと覚えていたのね」

「…………」

俺にもその記憶はある。

酒呑童子の首を捜した茨姫が、やっとのことで手に入れたのは、フェイクとして置かれていた一つ目の子どもの頭蓋骨だった。

それに気がついて、また違うのねと言って、一つ目の頭蓋骨を抱きしめて泣いた茨姫。

『会いたい。会いたい。会いたいわ、シュウ様……っ』

ただそれだけを望んでいた茨姫の、一途《いちず》な言葉、愛情が、あの一つ目の幽霊にも印象的に響いていたのだろう。

会いたい。愛たい。愛……か。

「なあ真紀。俺、裏凌雲閣からここに降りて来たんだが……」

「あれ？　そうだったの？　あそこにもここに繋《つな》がる入り口があったのね」

「というか、裏凌雲閣は水連が作ったらしいんだが、真紀は知ってたのか？」

「ええええっ!?　そうだったの⁇　全然知らなかったわ……」

真紀がとても驚いている。これは本当に知らなかった顔だ。

水連のやつ、真紀にも隠してたのか……

何だかんだと言って、あやかしは秘密が好きだな。

「ところで水連は？　あいつと一緒だったんじゃないのか？」

「スイは、怪我《けが》したあやかしたちをカッパーランドに連れて行ったわ。どうやら浅草のあやかしたちはカッパーランドに避難してるみたい。あそこは一応、浅草外の独立した狭間だからね」

「ああ、なるほど。確かにカッパーランドは避難場所には良《い》いかもな」

「その間に、私はここの様子を見に来たの。ミクズたちが、ここに眠る大ガシャドクロを捜してるって、途中、出くわしたミクズの手下から聞いたから」

「そう。それなんだがこれを見てくれ。ミクズの仲間のドラキュラ公が持っていたものだ。裏凌雲閣の下に大ガシャドクロが眠っていると書いてあるんだが……」

俺は懐にしまっていた裏凌雲閣の設計図を取り出して、真紀に見せた。

真紀は少し警戒した目つきになって、周囲をグルッと見渡したあと、大きく息を吸って、

「おーい、大《だい》ちゃーん！　どこにいるのー!?」

本当に大きな声で、海に向かって叫んだ。

相変わらず大胆な女だ。鼓膜が破れるかと思った……

なんて思っていると、ずっと穏やかだった波が急に荒れ出し、地鳴りまでしてきた。

海の向こうを見てみると、のっそりと何かが起き上がり、ズシンズシンと、歩いてこちらまでやってくる。

近づけば近づくほど、その大きさに目を見開く。

「で、でけえ……」

今まで見た中で、ぶっちぎりで巨大なガシャドクロのお目見えだ。

実に五〇メートル級……

「あ、ひーちゃんもそこにいたのね」

大ガシャドクロの肩に、ちょこんとあの一つ目の影法師も座っていた。

ここまでやって来た大ガシャドクロを、真紀が俺に紹介する。

「この子は、大ガシャドクロの大ちゃん。江戸時代に、幕府が作った人工妖怪なの。あんまり図体《ずうたい》が大きくて、外の世界に居場所がなかったから、この狭間結界にいてもらっているの」

真紀は少し照れ顔になって、頬を指でぽりぽり掻《か》いた。

「ここはね、私が作った狭間《はざま》なの」

「あ、それは知ってる。さっき調べた」

「……そう」

真紀はゴホンと咳払《せきばら》いして、やはり少し照れくさそうに言うのだった。

「一応、昔シュウ様に連れて行ってもらった天橋立を思い出して作った狭間なの。実際の天橋立とは何か違うし、シュウ様みたいに上手には作れなかったんだけどね。浅草に辿《たど》り着いた大魔縁茨木童子は、もうあの場所には行けないだろうと悟っていたから……」

肉体の限界を感じていたのね、と真紀はポツリと呟《つぶや》いた。

浅草で作った最初の狭間結界が、ここだった、と。

遠い海の彼方《かなた》を見つめながら、真紀はどこか懐かしそうにしている。

「私、あまり狭間結界術が得意じゃなかったから、色々とおかしいんだけど……」

「いや」

俺は首を横に振った。

「お前がこんなに、狭間結界術が使えたなんて知らなかった。いや、違うな。お前は苦手な狭間結界術を使ってまで、多くのあやかしを助け、居場所を与えようとしたんだ。この大ガシャドクロのように……」

そしてそれは、かつての酒呑童子の、理想でもあった。

「凄《すご》いな、茨姫は。純粋にそう思うよ」

ここを見て思ったのは、大魔縁茨木童子に対する、純粋な尊敬の念。

酒呑童子の首を追い求めて彷徨《さまよ》ったという哀れな面だけではなく、その過程で成した数々のことが、現代に至るまで大きな意味を持っている。

だから、だったんだ。

俺が浅草で真紀に再会した時、知っている茨姫より随分と強い女になっていてびっくりしたものだが、今思えば当然だ。

俺のいない、長い長い時間の中で、茨姫は酒呑童子以上に多くのことを成していた。

酒呑童子以上に多くのあやかしと出会い、広い世界を見て、あらゆることを実行した。

日本で一番偉大な鬼がいたとすれば、きっとそれは茨木童子だ。

凄いよ。本当に。

「……ん？　ということはお前、もしかして前々から、ここに来てたのか？」

「うん。実はこっそりね。秘密にしていてごめんなさい」

「いや。お前が謝る必要なんてねえよ。……うん。そりゃそうだよな」

茨姫は俺に、大魔縁茨木童子の話を秘密にしていたし、それが暴かれてからも、自分から話すことはほとんどなかったからな。

「実は俺、地獄で大魔縁の過去を見たんだ。そこで、この大ガシャドクロが江戸の町で暴れているのも見た。それだけじゃない。お前の戦いを……見た」

「………」

「地獄に行って良かった……というのは、無間《むげん》地獄の責め苦に遭ったお前に悪い気もするが、それでも俺は良かったと思ってるよ。茨姫のことを、お前の語れないことを、知れたから」

あの日、叶《かのう》が俺たちの前に現れて、俺たちの嘘を暴くと言った。

お前たちを幸せにするためにここに来た――と。

その意味が、今なら嫌という程わかるのだ。

知らなければ、本当の真紀は見えてこない。

知らなければ、理解してやれないことが多すぎる。

知らなければ良かったことなんて、一つもなかったから。

真紀はやはり火照ったように頬を染めていたが、やがていつもの頼もしい表情になり、強い目をして大ガシャドクロを見つめた。

「きっと、スイがこの上に裏凌雲閣を作ったのは、大ちゃんを守るためね。この子はとても強いけれど、とても純粋で、利用されやすいから」

「……捜していたってことは、ミクズも利用するつもりだったんだろうか」

「その可能性は高いわね。あの女狐《めぎつね》は、現世を乗っ取ってあやかしの国にしたいらしいから。私たちとの戦いに勝利したあかつきには、大ちゃんを使って、現世で暴れるつもりなのかもしれないわね」

真紀の纏《まと》う霊力が、ピリッとした緊張感を帯びる。

さっきから少しだけ思っていたのだが、彼女はまだ、ほのかに地獄の薫りを纏っていた。

俺は、隣にいる真紀の手を握った。

「そんなこと絶対にさせない。だろ？」

「……うん」

真紀は少し泣きそうな声で、また「うん」と頷《うなず》いた。

そう。俺たちが、ミクズに勝てばいいだけの話だ。

そうでなければ、この大ガシャドクロも再び地上に解き放たれ、本人の意思とは関係なく人間の世を破壊してしまう。

「馨、聞いて。ミクズは今、この現世と常世《とこよ》を繋ぐワームホールを作ろうとしているんだって」

「は？　ワームホール……？」

「浅草の空に渦巻き状の雲があったのを、馨も見たでしょ？　あれは常世の対人間兵器で、黒点蟲《こくてんちゅう》というんですって。明日の早朝には、黒点蟲の作った虫食い穴ができて、常世と現世が繋がってしまうって」

真紀は、自分が戦った大獄丸《おおたけまる》という鬼が教えてくれた情報について説明した。

大獄丸といえば、酒呑童子の時代より以前に名を馳《は》せていた鬼で、俺の憧れでもあったのだが、どうやらすでに命はないらしい。この情報を語ったことで、ミクズの管狐火《くだきつねび》によって心臓を食い破られたのだとか……

ならば、その情報は信憑性《しんぴょう》がある。

常世と現世が繋がったら、あちらのあやかしたちが、常世の兵器を大量に持って次々に現世に降りてくると、大獄丸は言ったらしい。

なんということだ。

それこそ、異界侵略の始まりだ。

「信じられないかもしれないけど……私も信じられないんだけど……」

「……いや。俺も獄卒術で地獄と繋がる穴を作ることがあるし、例のワームホールも、絶対に不可能という話じゃない」

むしろ、不可能じゃない話だから、ヤバいと言える。

「だが、それだけ巨大なワームホールは、きっと簡単には作れない」

色々な要因、条件、踏むべき段階、何より膨大な霊力があってこそ、やっと作れるレベルの異界穴。

簡単に作れないということは、今回阻止することができれば、異界の侵略はしばらく防げるということだ。

「どのみち、やるべきことは一つよね」

「……ああ。最初からずっと、そうだった。現世を守るとか、そんな大それた目的があったわけじゃない」

真紀もまた「ええ」と頷く。

「ミクズを倒す。それは私たちの、千年の因縁だったはずだから」

それは、覚悟の確認。

真紀は口元に手を当てて、また大声で叫んだ。

「大ちゃーん。ひーちゃーん。少しの間、裏浅草がうるさいと思うけど、ここで待っててね。また会いにくるからね！　あ、悪いひとについていっちゃダメよ」

真紀の声が届くと、大ちゃんはその巨大な頭を垂れて頷き、ひーちゃんはひらひらと小さくて黒い手を振った。

「行きましょう。のんびりしている場合じゃないわ」

「ああ、そうだな。戦いが待ってる」

千年の戦いの決着って、どんな風につくんだろう。

そもそも決着なんていうものは、存在するのだろうか。

たとえどんな結果になろうとも、それが間近に迫っていることだけ俺たちは知っていた。

第六話　カッパーランドを守れ

僕の本当の名前はヤトリという。

夜の鳥、という意味だ。

だがこの名前で僕のことを呼ぶ者は少ない。

というのも、僕は長らく継見由理彦《つぐみゆりひこ》という名前で人間として暮らしていたし、現在も僕のことを由理と呼ぶ者が多いからだ。鵺《ぬえ》というあやかしの種族名で呼ぶ者もいる。

千年前は藤原公任《ふじわらのきんとう》という公卿《くぎょう》として歴史に名を残しているし、こちらの名で呼ぶ者もごく稀《まれ》にいる。

鵺とはそういう生き物だ。

何か別のものになりすます。

そして本来の自分を隠してしまう。

本当の僕を見つけてくれたのは、たった一人の、人間の少女だけだった。

共に行動しているのは、僕と、凛音《りんね》君と、木羅々《きらら》さん、そしておもちちゃんだった。

我ながら、なかなか珍しい四人組だと思っている。

しかし僕らはちゃんと協力し合っていた。馨《かおる》君が京都へ向かい、真紀《まき》ちゃんが目覚めない中で、無力さに打ちひしがれていた僕たちに、何ができるのかを考えたのだ。

あの二人なら何をしただろうか、と。

○

そして、異変が起きているという裏浅草《うらあさくさ》の調査に出たのだった。

結果、裏浅草はすでにミクズの手が回っており、ミクズ一派のあやかしたちによって襲撃を受けた後だった。

とても酷《ひど》い状況だった。

表の浅草も異様な妖気が立ち込めていたが、狭間《はざま》結界で作られた裏浅草では、あやかしたちがミクズ一派に襲われて、惨殺され、骨も血も残らないほど食い尽くされていた。

裏浅草には、あやかしならではの商売をしている商店街や、田畑、酒蔵や工場もあったが、それらは無残にも破壊され、荒らされ、あちこち物が散らかっていた。

人間界のルールを守って生きてきたあやかしたちが、ほとんどだ。

誰も傷つけたことのないあやかしも多かった。

そういうものたちが、ミクズを筆頭とした力ある中級妖怪や大妖怪たちによって虫けらのように扱われ、日々の努力を踏みにじられ、痛い思いをして無念にも食われ、死んでいったのだ。

それは、力あるあやかしのすることじゃない。

大妖怪はその有り余る力を、破壊や殺戮《さつりく》に向けるのではなく、本来は弱く虐げられがちなあやかしたちを守るために使うべきなのに。

だからこそ、酒呑童子《しゅてんどうじ》や茨木童子《いばらきどうじ》は特別だった。

彼らは真に、あやかしの王や女王の器を持っていた。

それがわかっていたから、誰もが、今世に至るまで強い憧れを抱いていたんだ。

「おい鵺。生き残った低級がいたぞ」

凛音君が瓦礫《がれき》の隙間でしくしく泣いていたあやかしを見つけた。

それは小さな火鼠《ひねずみ》の子ども。

火鼠はこの辺で群れを成して暮らしている、本当にか弱いあやかしだった。

「ううう〜、鵺たま〜〜」

その子が泣きながら、僕に縋《すが》って話してくれたことによると、この辺で暮らしていたあやかしは皆、ミクズの部下たちに丸呑《の》みにされ、食われてしまったらしい。

この子は偶然、瓦礫の隙間で気を失っていたから助かったようだ。

「ぺひょ〜……」

おもちちゃんは何が何やらわからないだろうが、この子が悲しんでいることが伝わるのか、木羅々さんの腕から飛び降り、頭を撫《な》でてあげていた。

「……むごいことなのよ。きっと他にも、生き残ったあやかしはいるはず。そういうあやかしを捜して、カッパーランドに避難させるべきなのよ」

木羅々さんが、そんなおもちちゃんと泣く火鼠を一緒に胸に抱き、悔しそうな顔をしてそう提案した。

「確かに。あそこは木羅々さんの本体が結界柱の役割をしている固有の狭間だ。そしてギリギリ、浅草の範囲から外れている」

「カッパーランドか。裏浅草からの道は一本しかない、出入り口さえしっかり守りを固めていれば、籠城にはもってこいだろうな」

僕も凛音君も、それがベストだと考えた。

まずは裏浅草で生き残ったあやかしたちを捜し、カッパーランドへ連れて行く。これを先決とし、僕らは行動する。

敵と遭遇することもあったが、それは凛音君がいち早く察知し、すぐに斬り倒してくれた。しかしどれも低級や中級妖怪ばかりで、ミクズに煽《あお》られ、そそのかされて全国からかき集められた半端者ばかりだった。

ミクズに連なる幹部級の大妖怪たちは、なかなか姿を見せようとしない。

暴れ疲れたのか、腹一杯食べて満足しているのか、狭間の奥の方へと身を潜めているようだった。

カッパーランドに到着すると、すでに逃げて来たあやかしも多数いた。

手鞠河童《てまりかっぱ》たちがせかせかと動き、怪我《けが》をしたあやかしの手当てをしたり、お腹《なか》を空《す》かせたあやかしのために炊き出しを用意したりしてくれていた。

「大変でしゅ大変でしゅ」

「浅草の一大事でしゅ」

「こういう時は、みんなで助け合うでしゅ〜」

「でも後からたんまり、恩を着せるでしゅ」

手鞠河童たちの、いざという時の連携や働きっぷりは本当に凄《すご》いものがある。

ここはもともと明城学園《めいじょうがくえん》という僕らの通う高校をコピーして、馨君が作った結界だった。

故に、学校の備品もあるし、教室もたくさんあるし、手鞠河童たちが自給自足をしているため食料もある。

怪我をしたあやかしたちを手当てしたり、休ませるのにもちょうど良《い》い。

馨君が定期的にメンテナンスをしている狭間結界で、どこより頑丈なので、凛音君の言う通り、籠城するには持ってこいの場所なのだった。


「しっかし、とんでもないことになったもんじゃ」

「お頭や、奥方様もいないこの非常事態で、ミクズが勝負に出ようとは」

カッパーランドという〝城〟を守るのに適任だったのは、元酒呑童子四大幹部の二人である、虎童子《とらどうじ》と熊童子《くま》だった。

「むしろ、このために真紀ちゃんや馨君を浅草から遠ざけたのだと思います。今こそ、かつての狭間の国の力を総結集して、浅草のあやかしたちを守らなければなりません」

僕はそう告げた。

二人も納得して、大きく頷《うなず》いてくれた。

「わしらが来たからにはもう安心じゃ。城は絶対に守ってみせる」

「ええ。酒呑童子の右腕と左腕の名にかけて」

二人は大江山《おおえやま》の将軍だった頃の戦闘服に身を包み、巨大な得物を取り出し、それをガツンと地面に突いて、堂々たる武人の風格でカッパーランドの正門に立つ。

この二人は大江山の狭間の国でも、酒呑童子や茨木童子に次ぐ戦闘力を持っていた。

彼ら以上に、門番の適任者はいないだろう。

しかし、

「偉そうなことをぬかすな、虎に熊。お前たち、大事な時にいなかったくせに」

凛音君が白々しい目をして二人を見て、辛辣《しんらつ》に言い放った。

虎童子も熊童子もビクッと肩を震わせる。

確かに二人は、真紀ちゃんの危篤時に連絡が取れずにいたのだった。

「ししし、仕方がないじゃろ凛音！　取材出張で北海道に行ってて、わしらは何も知らなかったんじゃ！」

「しかしそれもまた言い訳です……っ。ここからが我らの頑張りどころ。お頭と奥方様が戻ってこられるまで、大切な城と民を守るのみ！」

二人の後悔と熱意は十分だった。

しかし凛音君の冷ややかな視線はそのまま、熊虎童子に向けられている。

千年前、狭間の国での熊虎童子は、凛音君の剣術や武術の師匠だった。

当時、子どもだった凛音君はこの二人に散々コテンパンにされ、いじられつつも、鍛えられ可愛《かわい》がられていたのだった。

しかし時の流れとは残酷で、今や凛音君も二人に引けを取らない剣士だし、むしろ漫画家となって文化的な生活を送っている二人より、ずっと戦いの現場にいる。

今回に至っては凛音君の方が先に裏浅草の異変に気がついたりと、色々とMVPな働きをしているというのもあり、熊虎童子は何を言われてもぐうの音も出ない。

「せめて門番としてしっかり働けよ。お師匠様方」

なんて、凛音君から上から目線で、皮肉たっぷりに言われてしまっているのだった。


木羅々さんは本体に戻り、結界柱としてカッパーランド全体を見張る。

そして張り巡らされた根を通して、裏浅草内の生存したあやかしの霊力を捜したり、ミクズたちの位置に関する情報を集めたりする役目だ。これは彼女にしかできない。

熊童子と虎童子は、カッパーランドと裏浅草を繋《つな》ぐ唯一の正門を、門番として守る。

さっきもミクズの手下らしき腹を空かせた中級妖怪たちが、カッパーランドを餌場などと称してやって来たが、遥《はる》か格上の熊虎童子にぶちのめされ、今は手鞠河童たちによって〝ジェットコースター磔《はりつけ》の刑〟に処されているところだ。

「やってしまうでしゅ、ペン雛《ひな》しゃん」

「ぺひょ」

ジェットコースターに磔にされ、おもちちゃんの気の向くままに、延々とジェットコースターの発車ボタンを押されるみたいな。今、このカッパーランドは中級妖怪たちの断末魔の叫びが響き渡っている……

恐怖のカッパーランドは彼らに任せ、僕と凛音君は再び裏浅草に戻り、生き残ったあやかしを捜してはカッパーランドに誘導した。

木羅々さんの藤の花を持っていけば、彼女との交信は常に可能であり、生存したあやかしの微弱な霊波を探って僕たちに教えてくれる。

その甲斐《かい》もあって、この広い裏浅草において、多くのあやかしの命が繋がった。

その途中、僕と凛音君は裏浅草の数珠川《じゅずがわ》近くで、水連《すいれん》さんに出会った。

「鵺様！　リン君！　良かった、二人とも無事で」

「水連さん！」

「水連……？」

水連さんは一部火傷《やけど》を負っていたが無事で、彼もまた生き残った中級のあやかしたちを連れ、カッパーランドに来る途中だった。

「おい水連。どうしてここにいる。お前は茨姫《いばらひめ》の治療をしているんじゃ……」

凛音君は眉間にシワを寄せた表情で、真っ先にそれを気にした。

そう。水連さんは瀕死《ひんし》の真紀ちゃんの負傷した肉体を何とか保《も》たせるため、彼女の側で治療に専念していた。

ゆえに、ここに水連さんがいることが、凛音君には気がかりだったのだ。

「まさか、茨姫は……」

「安心していいよ、リン君。真紀ちゃんは生きてる。俺たちのご主人様は大復活を遂げ、地獄《じごく》より生還なされた。京都に行った馨君がかなり頑張ったみたいだ。……まあ、当然だけどね。そのくらいできる男だ」

水連さんの報告に、僕はホッと胸を撫で下ろす。

「本当ですか!? そっか。よかった。本当に良かった……っ」

「…………」

僕の隣で、凛音君が密《ひそ》かに泣きそうになっていたのを、僕も水連さんも見逃さなかった。

だけどそれを、水連さんは茶化したりしない。

いつもならやりそうなのに、今回ばかりは。

多分、真紀ちゃんの復活が嬉《うれ》しくて泣いたのは、水連さんも同じだったのだろうから。

「で、その茨姫はどこに？」

凛音君はすぐに平静を装い、クールな表情で問いかけつつ、周囲をキョロキョロする。

「真紀ちゃんはここにはいないよ。大嶽丸《おおたけまる》というSS級大妖怪を撃破した後、少し気がかりがあって裏凌雲閣《うらりょううんかく》に行ったんだ。あそこにはほら、色々あるからさ。リン君だって知ってるでしょ？」

「茨姫を一人で行かせたのか？」

「……今の彼女はとても強いから、問題ないと判断したんだよ。それに馨君もそろそろ真紀ちゃんに追いつく頃合いだし……ね。それより大変なことがわかった。みんなをカッパーランドに連れていったら、対策を練らないと」

水連さんは何やら、重要な情報を得ているようだった。

僕らは急ぎ、カッパーランドに戻ることにしたのだった。

そんなこんなで、再びカッパーランドに戻る。

すでにかなりの中級妖怪たちがカッパーランド襲撃を目論《もくろ》み、あっけなく熊虎童子に返り討ちに遭い、手鞠河童たちによって刑に処されていた。

その傍らで、手鞠河童たちがカッパーランド新名物〝かっぱ飯〟を、避難してきたあやかしたちに振る舞っている。

これは炊いたご飯の上に薄くスライスしたキュウリの浅漬けと味付けとろろをかけ、刻み海苔《のり》とゴマをトッピングして食べるもの。

このかっぱ飯、本当は富士山《ふじさん》のお膝元である山梨県河口湖《かわぐちこ》の名物料理なんだけど、手鞠河童たちが社員旅行で河口湖に行った際、いたく気に入り堂々とパクったようだ……

他にも〝カッパーまん〟だったり〝緑のカレー〟だったり〝普通のやきとり〟だったり

〝とれすぎたトマト〟だったりを振る舞っていた。

空腹状態だとあやかしは何をしでかすかわからないから、本当にありがたい。

手鞠河童たちはカッパーランドにいたせいか被害者はいないのだけれど、大勢のあやかしたち《お客様》が傷ついて居場所をなくしている姿を見て、あの小さな頭で思うところもあるようで、大感謝祭と称して無償でご奉仕していた。

そんなこんなで僕たちもやっと落ち着き、いよいよ水連さんの話を聞こうとしていた頃、

「あっ！　あいつ！　ボクの本体に何かしてやがるのよ！」

木羅々さんがうわずった声を上げ、自分の本体である鬼藤《おにふじ》の木に指を突きつけた。

カッパーランドに避難してきたあやかしの中に、どうやらミクズ一派のスパイが交じっていたようで、何やら不審な動きをしている男がいる。

その正体は、茶色の体毛を持ち、どこぞの工場長というような作業着を纏《まと》った、牛面の男だった。

「……あれは牛鬼《ぎゅうき》の元太《げんた》」

元太はその手に火のついた松明《たいまつ》のようなものを持っており、今まさに、カッパーランドの結界柱である木羅々さんの本体を燃やそうとしている。

それを手鞠河童たちとおもちちゃんが必死に阻止しているようだった。

「やめるでしゅ〜、後生でしゅ〜」

「工場長がまた悪の道に染まっちゃったでしゅ～」

「ええい鬱陶《うっとう》しい！　放せ雑魚河童ども！　俺はこの木を燃やすよう言われてんだよ！」

鬼藤の根元では手鞠河童たちが、牛鬼の元太の行動を阻もうと奮闘している。

「ぺひょ～っ」

おもちちゃんもまた、元太にタックルを決めて奮闘中。

しかしそんなおもちちゃんを、元太は思い切り蹴飛ばしたのだった。

「ぺ、ぺひょ、ぺひ」

おもちちゃんは軽いボールのように跳ねて転がる。そして泣く。

「ああっ、おもちちゃん」

そんなおもちちゃんを、慌てて僕が抱きしめに行った。

パパとママがいなくて寂しい中、必死に頑張っていたのに……

特に怪我《けが》はなさそうだったけど、僕の胸に顔を埋《うず》めて、糸が切れたように泣くおもちちゃんがかわいそうでならなかった。

きっとおもちちゃんも、わからないなりにわかっているんだ。

この異様な空気。異様な状況を。

「牛鬼め。牛御前《うしごぜん》のところで再教育されたんじゃなかったか？」

凛音君が目を細め、牛鬼を睨《にら》む。僕もまた、味方だと思っていたあやかしの裏切りに、困惑を隠せない。

牛鬼の元太は、かつて合羽橋《かっぱばし》で商売をしていた。

地下工場で手鞠河童たちを奴隷のごとくこき使い食品サンプルを量産していたため、浅草の水戸黄門《みとこうもん》こと真紀ちゃんに、釘《くぎ》バットで場外さよならホームランされたあやかしだった。

その後はすっかり改心し、浅草から隅田川《すみだがわ》を渡ったところにある牛嶋《うしじま》神社の牛御前様の下で、神使として真面目に働いていたはずだったが……

結局、牛御前様を裏切って、ミクズの傘下に加わっていたようだった。

「ええい、その木から離れろ！」

「ぎゃあ」

今しがた、凛音君が元太を一太刀でのしたところだ。そして松明の火を踏んで消す。

木羅々さんもまた本体の鬼藤の枝に命じて、牛鬼をぐるぐる巻きにして縛り上げた。

「おほほ。ミクズのスパイってなら、色々と話してもらうのよ～」

そして可愛い顔をエグい表情に歪《ゆが》めたかと思うと、牛鬼の体を強く振り回したり、枝を鞭《むち》のようにしならせてしばいたり、くすぐったりする。

「ぎゃはは、やめろ、やめろ～っ！　いた、イタタタ。オエー」

軽い拷問の後、

「わかったわかった！　何だって話す！　だからもうやめて！」

激しく悶《もだ》えながら牛鬼は涙目で許しを請い、ポロポロと情報を吐いたのだった。

「俺たちはミクズさんに……ミクズさんに選ばれたんだ」

「選ばれた？」

「ああ、純粋な、闇の化身としてな」

どうやらミクズは〝あやかしの本質〟というものを抑制されているあやかしたちに目を付けたようだ。

真面目に人間社会で働いているあやかしの中にも、本当は破壊衝動や、人間を喰《く》らいたいという本能を抑制され、鬱憤《うっぷん》が溜《た》まっているあやかしたちがいる。

現代のあやかしたちを取り巻く絶対的なルールに、人間には手を出してはならない、というのがあるからだ。

もちろん、平穏な生活を守るため、これを受け入れて真面目に暮らしているあやかしが大半だ。

しかし、ある程度の力を持ち、魔性としての誇りや本能を保ちたいと思っている中級以上のあやかしにとって、人間社会のルールに基づいたあやかしの生き方に、疑問を持っているものは少なくない。

ミクズはそういうあやかしたちに対し、この現世《うつしょ》にあやかしの国を作ることができれば、もう人間にへりくだったり、人間社会のルールに縛られたり、あやかしの本能を抑え込まなくても良い、というように諭したのだった。

元太も、元々が力のあるあやかしであったため、結局ミクズ側について、この現世にあやかしが自由に暮らせる国を持ちたいと願ってしまったんだろう。

愚かなことだ。

そうやって自由を求めながらも、結局はミクズに利用されているんだから。

「ミクズ様は、浅草から人間を一人残らず追い出し、あやかしたちの国を作ってくださると言ったんだ！」

元太は拳を掲げて力説する。

その瞳はギラついていて、あのミクズの言葉をすっかり信じきっているようだった。

「このままじゃ、あやかしは人間たちのご機嫌をうかがって生きていく存在に成り下がっちまう！　牛御前様のような神だってそうだ。人間に管理されている！　あやかしとは本来、人間に恐れられる存在であったはずなのに！　闇の化身であったはずなのに！」

「……元太」

「国があれば、あやかしは本来の姿を取り戻せる。国さえあれば……っ」

元太は時折声を荒らげ、不安定な調子で何か訴えている。

その様子は異様で、ミクズに良《い》いように洗脳され、操られているのは明白だった。

裏浅草で暴れたあやかしの大半は、このようにミクズに騙《だま》され、利用された中級妖怪たちなんだろう。

「なるほど。そうあの女狐《めぎつね》に唆されたのか。愚か者め……っ」

凛音君は軽蔑の目で牛鬼を見下ろし、吐き捨てるように言う。

僕も、どうしてそんな甘言に騙されるのだ、と思った。

相手はあの、息をするように他者を騙し、裏切る、ミクズだというのに。

だが、あやかしは誰しも、この現世に居場所がないという焦燥感を心の奥に募らせているのかもしれない。

それがほんの少しの言葉やきっかけで目覚め、居場所が欲しい、国が欲しいという渇望を抱いてしまうのかもしれない。

かつて、ミクズがここカッパーランドに現れて、僕や叶《かのう》先生に向かってこう言い放ったことがある。

『妾《わらわ》はあの国を復活させるまで死ぬつもりはない』

彼女も国を欲していた。

彼女が復活させたい国は、おそらく、常世《とこよ》の……

「お前たちだってあやかしだろう！　人間に管理され、ただただ利用され続けるだけでいいのかよ！」

元太は野太い声を張り上げた。

「酒呑童子も茨木童子もその眷属《けんぞく》たちだって、人間に滅ぼされたことがあるくせに！」

人間に滅ぼされたことがあるくせに。

その一言は、ここにいる凛音君や、水連さん、木羅々さん、熊童子さん虎童子さんの表情を曇らせるのに、十分すぎる言葉だった。

勿論《もちろん》。ここにいる誰もが、人間という存在に良い思い出はない。

恨みや憎しみを抱いたことだってある。

だが、僕が何か言う前に、凛音君が牛鬼の肩に刀を突きつけ容赦なくプスッと刺した。

「ギャアアッ！」

耳障りな悲鳴が、このカッパーランドに響き渡る。

「ふざけたことを言うな……っ。オレは人間よりあの女狐が憎い。ただそれだけの話だ」

凛音君は随分とイライラしているようだった。

「あの方に救われておきながら。あの方に情けをかけられておきながら！　結局女狐の甘言に騙されているお前は何だ？　ふざけるな、ふざけるな……っ」

ふざけるなと囁《ささや》く度に、軽くプスプスと刀の切っ先で牛鬼の体を刺すので、

「リ、リン君〜？　気持ちはめちゃくちゃ分かるけどプスプス刺すのはやめてあげて？　ね？　こっちが悪者みたいだから」

水連さんに軽く窘《たしな》められていた。

凛音君はやり足りない様子だったが、素直に兄眷属の言葉を聞き、刀を引く。そして血を払うように刀を振るって、それを鞘《さや》に納めた。

もう何も言うことはないと言うように、凛音君は不機嫌極まってそっぽを向いたので、代わりに僕が元太に問う。

「ねえ元太。君、ミクズに捨て駒として扱われているっていう自覚はあるかい？」

「は？　捨て駒⁇」

疑問符を浮かべてばかりの元太の表情。

続けて答えたのは木羅々さんだった。

「お前、知らないようだから教えてあげるのよ。この鬼藤の木はかつて一度、あの女狐に燃やされたことがある。だから、今回はその悲劇を繰り返さないために、この木を燃やそうとした者を事前に返り討ちにする呪詛《じゅそ》を施しているのよ」

それはかつて、大江山のあやかしの国を失った経緯に基づく。

火に弱い鬼藤の木。結界柱の役目を果たすこれを何者かが狙った場合、それに対抗する処置が施されている。

それは浅草地下街あやかし労働組合と、陰陽局《おんみょうきょく》が共同で施してくれた強固な呪詛であり、ただの牛鬼にこれを避けることなどできやしない。

もともとは、ミクズが一度ここへ来たことがきっかけで、カッパーランドを安全に運営するために施された処置だったが……ミクズはそれを知っていて、元太にこの役目を命じたのだろう。

ここで混乱を引き起こそうとして……

「元太君。君はただただ利用されただけに過ぎないってことを、早急に理解した方がいい。まずミクズが欲しているのは、現世のあやかしのための国じゃない。故郷の、常世の同胞たちが逃げて来られる国だ。お前の野心が叶《かな》うことはないよ」

水連さんも、どこか冷めた口調で説く。

牛鬼の元太は酷《ひど》く青ざめ、次第に目を潤ませ、涙声を絞り出した。

「そ、そんな……俺はよかれと思ってやったのに。じゃあ俺はいったい、何のために牛御前様を裏切ったっていうんだ……っ」

少し遠くで様子を見ていた凛音君は、この手のタイプが酷く嫌いなようで、チッと舌打ちした後に「知るか」と吐き捨てた。

「そんなのはお前の自業自得だ！　信じるものを誤ったのだ！」

「そうでしゅそうでしゅ」

「ざまあでしゅ〜」

「カッパーランドまで乗っ取ろうとして酷いでしゅ」

「お前なんか、また茨木童子しゃまに場外さよならホームランされたらいいのでしゅ」

「……おい手鞠河童ども。お前たちは黙れ。場が締まらん」

「あー？」

凛音君の足元にわちゃわちゃと群がる手鞠河童たちが、凛音君の言葉に便乗して牛鬼を罵《ののし》った。凛音君の怒りの滲《にじ》む言動と牛鬼の啜《すす》り泣く声、ついでに手鞠河童のわちゃわちゃが交ざり合って、辺りは混沌《こんとん》としていた。

牛鬼はすっかり落ち込んでしまい、もはや何の脅威でもなさそうだったが、

「だが、もう……手遅れだ。浅草にはもう〝黒点蟲《こくてんちゅう》〟が解き放たれている」

彼の力ない呟《つぶや》きに、誰もがハッとする。

「……黒点蟲？」

嫌な響きのする名前だ。

「そう。俺が話そうと思っていたのは、その件なんだけど……」

水連さんもまた険しい顔をして、この〝黒点蟲〟について僕らに教えてくれた。

それは真紀ちゃんが大嶽丸という大妖怪と戦って得た情報だという。

「黒点蟲は、常世のあやかしが作り上げた〝対人間兵器〟だ」

妖気は元々人間にとって強い刺激になるが、それを凝縮させた鱗粉《りんぷん》を広範囲に渡って撒《ま》き散らす、黒く小さな羽虫の姿をしたあやかしだという。

この妖気はいわば、毒性のある化学兵器に近いものだ。

「更に厄介なのは、この黒点蟲は空間に虫食い穴を……要はワームホールを作ることができるらしい。常世と現世を繋《つな》ぐ巨大な異界穴だ。この穴が空いてしまったら、常世のあやかしたちが現世を乗っ取るための侵攻を開始するかもしれない」

その話を聞いて、僕は酷い不安に襲われた。

表の浅草では、陰陽局や浅草地下街の皆が、人間たちの避難誘導をやっているらしいのだが……

「鵺様。これが本当なら、ことは一刻を争います」

「そうなのよ。あなたは一度外に出て、人間たちにこの事実を伝えた方がいいのよ」

水連さんと木羅々さんが、僕の表情からその不安を読み取ったようだった。

「だけどそれでは、皆をここに置いていくことになる」

表の浅草も勿論心配だが、何より優先されるべきは、裏浅草でミクズを倒すこと。

結局それ以外に、黒点蟲を止める方法もわからないのだ。

それに、真紀ちゃんや馨君とも合流できていない中、僕個人の私情でここから離脱することは、許されないように思っていた。

「鵺。お前ごときがここからいなくなったところで問題ない。オレがいるんだからな」

凛音君は僕が何を考えているのか察して、クールに言ってのけた。

木羅々さんはそんな凛音君をビシッと指差し、

「ボクは本当は嫌なのよ！　鵺様がいなくなったら、この利かん坊が偉そうにボクに指示を出すに違いないのよ」

「うるさいぞ若作りババア」

「ほら見なさい！　昔っからボクに暴言を吐き捨てる！　このクソガキ！」

こんな時に喧嘩《けんか》が始まってしまった。やはり心配だ……

「鵺様。やはりこのことは、いち早く地上の人間たちに伝えるべきです。あなたは人間たちに信用されている。俺たちの言葉より、人間を動かせると思います」

「水連さん」

確かに、このことを外の人間に伝える適任者は、僕だった。

それに、浅草には、命に替えても守りたい人たちがいる。

若葉《わかば》。

僕の、以前の家族。
果たして無事に逃げているだろうか。
きっとしっかりした両親のもとで、若葉もすでに、安全な場所にいるはずだ。
いや、しかし……
「鵺。こういう時くらい、一番大切なものを守りに行けばいい」
冷淡な視線をこちらに向ける凛音君。
しかしその言葉には、誰より、僕に対する理解がある気がした。
凛音君には見透かされている。僕の、命に替えても守りたいもの。
「早く行け」
凛音君の言葉に後押しされ、僕は一度頷《うなず》いた。
そして急いで裏明城学園の美術準備室に向かう。
いつも使っていた、美術準備室の掃除道具入れから、現実世界に戻ったのだ。
ここで、馨君と真紀ちゃんと一緒に日々を過ごした。
そんなに昔のことでもないのに、今となっては、あの頃が夢か幻のようだ。
「…………」
感傷に浸っている場合ではない。窓から外に飛び出し、翼を広げ、浅草へと向かう。

浅草の上空は、わかりやすいほどの黒い雲に覆われていた。
いや、あれは霧でも雲でもない。
あれこそが、常世の対人間兵器の一つ――黒点蟲なのだろう。

第七話　再会の浅草

常世《とこよ》という、人とあやかしの争う世界で生まれた、対人間兵器。

黒点蟲《こくてんちゅう》と呼ばれたそれは、人に害を成す妖気を含んだ鱗粉を振りまいて、浅草《あさくさ》の上空を飛び交っている。

浅草は今、そんな哀れな産物に蹂躙《じゅうりん》されて、人の近づけない場所になっていた。

しかしまだ逃げ遅れた人々というのが浅草の奥の方にいて、浅草寺《せんそうじ》の大黒天《だいこくてん》様を中心とした七福神の加護が、この妖気から人々を逃す時間を確保している。

「大和《やまと》さん！」

僕は上空から、浅草地下街あやかし労働組合の組合長、大和さんを見つけた。

「無事だったか、夜鳥《やとり》」

大和さんは僕に気がつくと、僕の降り立ったところまで駆けてきてくれた。

しかし大和さんは随分とやつれた顔をしている。

一般人より妖気に強いとはいえ、この空間に長時間いるのはどう考えても辛《つら》いはずだ。

彼は浅草の神々の護法によって、強く守られている。

だからこそ、かろうじて耐えられるだけで……

「大和さん、大変です。浅草を覆っている黒い雲は、黒点蟲という常世の対人間兵器らしいです」

僕は大和さんに、黒点蟲について知りうる情報を、簡潔に説明した。

「な、なに……っ、常世の⁉」

大和さんは渋い表情のまま、グッと拳を握る。

そして、表の浅草の状況について説明してくれた。

「今、浅草の住人には有害な毒が撒かれたといって退避命令が出ている。陰陽局《おんみょうきょく》が政府に呼びかけて、それらの命令を出させたそうだ」

そして空に浮かぶ黒い雲が、小さな羽虫の群れであることもわかっていたという。八咫烏《やたがらす》の深影《みかげ》君が側まで近寄って調べたらしい。

黒点蟲は本来とても小さな蝶《ちょう》のような姿だが、こちらが攻撃を仕掛けたり何かしらの刺激を与えると、群れを成し、巨大な蟲《むし》を模して襲ってくるという。

また霊力の高い人間に反応し、率先して襲う習性もあるらしく、陰陽局の退魔師たちも手を焼いている。

このように厄介な黒点蟲は、浅草の神々と叶《かのう》先生の四神、そして陰陽局の注連縄《しめなわ》による三重の結界のおかげでおおよそ浅草の範囲内に閉じ込められているらしく、この範囲から外に出てしまえば、人間にも害はないらしい。

「おかげでほとんどの人間は浅草の外に出ているが、まだ逃げ遅れている人間もいる。逃げられずにいる人間も。俺や陰陽局の連中は、人間の退避で手一杯だ。あの蟲を一掃できる手立てがあればいいのだが、陰陽局の凄腕《すごうで》の陰陽師《おんみょうじ》や祓《はら》い屋が祓っても、まるで効果がないらしい。というか、全てを一斉に祓いきるのが難しいらしい。あいつらはどんどん増殖していく」

聞いていた話の通りだ。

「やはり一匹残らず、一挙に葬る以外、手はないのか……」

あの黒点蟲を一掃しなければ、浅草に平和は戻らない。

「おい、見ろ、夜鳥」

大和さんが慌てた声を上げて、空を見上げた。

渦巻き状の雲の真ん中に、黒く丸い空間の歪《ゆが》みが見える。

「もしかしてあれが……ワームホールってやつか……？」

常世と現世《うつしよ》を繋ぐ、虫食い穴。

まだまだ完成には至っていないが、それは徐々に生まれつつある。

黒点蟲という名前の通り、空間の歪みを伴った穴は、まさに黒い一点であった。

「こんな状況、いったいどうしたらいいんだ……」

大和さんが頭を抱えた。

たとえミクズを倒したとして、黒点蟲を全て祓いきれなければ、浅草はおろか、現世が大きな災厄に見舞われる。

あのワームホールが完成するまでに解決策を見出《みいだ》さなければ、浅草に未来はない。

「大丈夫だ。あの蟲は、きっと晴明《せいめい》が調伏《ちょうぶく》してくれる」

「玄武《げんぶ》さん」

防弾チョッキを纏《まと》った灰色の髪の若者が、ビルの上から僕らの前にシュタッと飛び降り、そう断言した。

彼は叶先生の式神の一体であり、僕の上司に当たる四神の玄武さんだった。

「むしろあれは、晴明にしか祓えないだろうよ」

「それは……いったい……」

「いいから、今は晴明を信じて待っていろ。お前も一応あいつの式神なんだからよ。今は何より人命を優先しろ。これ以上、犠牲者を出すな」

「…………」

「お前にとって大事な連中も、浅草にはたくさんいるんだろうが」

玄武さんのその言葉を聞いて、僕はハッとする。

そうだ。こんな時だからこそ、ただ一つ、守りたいものを守りに行かなければならない。

「すみません。行きます」

僕は空へと飛び立ち、以前、自分の住んでいた場所に向かう。

僕が継見由理彦《つぐみゆりひこ》という人間を辞めてから、できる限り近づかないでおこうと意識していた、その場所へ。


つぐみ館。

二度と戻らないだろうと思っていた、僕の大事な人たちが住まう場所。

それは浅草通り沿いの歴史ある旅館のことだ。

旅館の周辺には一般人の影はなく、陰陽局や浅草地下街の人間もいない。この辺はすでに退避が済んでいる証《あかし》だ。

それはわかっていたが、開けっ放しになっている旅館の中に入っていく。

「…………」

半年ほど前まで、僕はこの旅館を営む夫婦の息子として、ここで暮らしていた。

その実、僕は夫婦の息子ではなく、その遺体を喰《く》って化けただけのあやかしだった。

しかし夫婦は僕を本当の息子だと思い込んで可愛《かわい》がり、妹もまた、僕を本当の兄だと思って慕ってくれていた。

ただ、騙《だま》してそこにいついていただけに過ぎないのに。

偽りの家族ごっこに浸っていただけなのに。

僕はその家族を、いつしか最も大事な〝居場所〟のように思っていた。

だけど僕は、どんなに願っていたとしても人間にはなれない。

彼らの家族には、なれなかったんだよ。

「……父さん、母さん。……若葉《わかば》」

しんと静まり返ったロビーには、やはり人の気配はない。

毎朝母が飾る花の香りが漂っているのと、父の好きなクラシック音楽がゆっくりと流れているだけ。

一つ一つ、客間も確認した。どの部屋も人はいない。

両親は接客業をしているだけあって危機意識が高く、避難勧告が出てからは、すぐにお客様たちを避難させたのだろう。きっとその時、両親も、若葉も逃げたに違いない。

わかっていた。ここに彼らがいないことくらい。

だけど、やはり、この目で見なければ安心できなかったから、僕はここへ来てしまった。

前に、真紀《まき》ちゃんと馨《かおる》君に言ったことがある。

僕が今世で一番大切なのは、家族だ、と。

あの頃、家族の平和と幸せを守ることは、僕にとって何より優先されるべきことだった。

だけど僕がいなくても、あの家族は自分たちの判断で身を守れるし、生きていける。

僕がいなくとも、あの家族は全然、大丈夫なんだから。

やはり……ここへ来るべきではなかった。

僕はもっと多くの人を助け、浅草の人間や、裏浅草のあやかしたちを守らなければならなかったのに、私情を優先してここへ来てしまった。

もう行こう。

ここにはもう、僕の居場所などない。

「きゃあああ！」

「!?」

突然耳に届いた悲鳴に、顔を上げた。

このつぐみ館を後にしようとした、ちょうどその時だった。

「若葉……」

すぐにわかった。若葉の声だ。

若葉がまだ、このつぐみ館にいるということだろうか。

そんな。どうして。どうして……っ。

「若葉！　どこだ！」

彼女の名前を呼んで、旅館中を捜し回っていた。

今になってやっと気がついたのだが、このつぐみ館に住み着いていたはずの、小さなあやかしたちの姿がない。

避難勧告が出たのは人間たちだけなのだから、小さなあやかしたちはここに残っていてもおかしくないのに。

不穏な空気を感じて逃げたのだろうか。

みんな、いったいどこに……

「バク〜〜ッ」

再び耳に届いた声に、僕はハッと声をあげる。

今度は若葉の声ではなく、何か別の鳴き声が聞こえた。

今の鳴き声にも覚えがある。

「……貘《ばく》？」

夢喰いのあやかし、貘のものだ。

貘は以前、まさにこの旅館で、僕に悟られることなく若葉に匿《かくま》われていたことがある。

あの事件がきっかけとなり、若葉は僕の正体を知ることとなったのだ。

だけど、確かあの貘は行方知れずになっていたはず。

どうして今になって、あの貘の鳴き声が……

「バク、バク〜〜」

またた。

その必死な鳴き声は、まるでこの僕を呼んでいるかのようだった。

導かれるように。引きつけられるように。

僕は獏の鳴き声を頼りに中庭に出る。

そこには若葉が日頃から大事に育てている植物たちが並ぶ、ドーム形のサンルームがある。僕も若葉も、以前はよくここでお茶をしていた。

しかし懐かしい感情は、中庭のサンルームを前にして、打ち消される。

「な……っ⁉」

思い出深いサンルームが、真っ黒な羽虫に覆われている。

あれは黒点蟲だ。

ドームの中から「助けて、誰か助けて」と泣き叫ぶ若葉の声と、僕を呼ぶ「バク〜」という鳴き声が聞こえる。

「まさかあの中に、若葉が……っ」

急いでサンルームの扉を開けようと思ったが、黒点蟲がこの中に入ってしまったら、きっと霊力の高い若葉を襲うと考えた。

「……散れ」

黒点蟲に、言霊の力を使って命令する。

声音こそ落ち着いていたが、その一言に込めた言霊の力は大きく、僕は自分自身が冷静でないことに気がついていた。

サンルームの扉の前に群がっていた黒点蟲は、一時的に散り散りになった。

言霊が利くということは、この黒点蟲は兵器とはいえ、紛れもなく生命体なのだろう。

僕は急いでサンルームの扉を開けると、中へと入って扉を閉めた。

ギリギリのところで言霊の効力が切れ、黒点蟲が再び扉の周辺を覆う。

「……あなた、誰？」

背後から驚きの声が聞こえて、振り返った。

そこには若葉が、小さなあやかしたちを抱きかかえるようにしてしゃがみ込んでいた。

ただ、その瞳はしっかりと僕を見つめていて、驚きに揺れている。

僕と若葉の、目と目が合う。

僕はその意味を、少しの間考えてしまった。

「若葉……もしかして、僕が見えているのかい？」

その瞳には、あやかしであるはずの僕がしっかりと映り込んでいる。

僕は今、人には見えないあやかしの姿でいるはずなのに。

若葉は確かに、僕を見て、僕を認識しているようだった。

なぜ。どうして。

若葉にはあやかしの気配を感じる力はあっても、あやかしを見る〝見鬼《けんき》〟の力はなかったはずなのに。

「鵺《ぬえ》たま〜〜」

驚きを隠せずにいたところ、若葉が抱きしめていた小さなあやかしたちが涙を溜《た》めて僕に駆け寄る。

かつて、つぐみ館の空き部屋で保護していたあやかしたちだ。

「君たち、この状況を、僕に説明できるかい？」

「は、はい〜〜」

小さなあやかしたちは、涙目のまま僕に説明した。

若葉が、つぐみ館に残された小さなあやかしたちを置いていくことができず、浅草から退避する両親の制止を振り切って戻ってきてしまったこと。

そして若葉の霊力に群がる黒点蟲から身を守るため、このサンルームにずっと閉じこもっていたこと。

しかし黒点蟲がサンルームを取り囲んだせいで、ここから出られなくなってしまったこと……

「それは、やはり……」

僕は今一度、若葉を見た。

若葉がパチパチと瞬きをすると、若葉の目の端に溜まっていた涙が零《こぼ》れおちる。

体も小刻みに震えている。あやかしが見えているということは、あの黒点蟲も見えているということ。かなり恐ろしい思いをしたに違いない。

だけど若葉は、そのような恐ろしい中でも、か細い腕でここにいた小さなあやかしたちを抱きかかえるようにして、守っていた。

僕がこの家から消えた後、若葉にいったい何があったというのだろう。

「あなた……は……」

若葉は、いまだ驚いた表情のまま、僕を見て固まっていた。

僕はどう言葉を返していいのか迷ってしまう。

若葉と会話をしたのも数ヶ月ぶりだった。

「僕は、鵺というあやかしだよ」

「鵺？　あやかし？　この子たちと同じなの？」

「そう。君を助けに来たんだ」

「私を……？」

若葉は何か言おうと大きく口を開けた後、ゲホゲホと苦しそうにむせた。

「若葉……っ」

まずい。

黒点蟲の鱗粉《りんぷん》を少し吸ってしまったのか、若葉の顔色はあまり良くなかった。

「ここから逃げよう、若葉」

「だけどこの子たちが……っ、ケホケホ。この子たちを、置いていけないよ……っ」

若葉がまた少し咳《せ》き込んだ後、僕に縋《すが》る。

苦しそうな表情で、その震える手で、力強く訴える。

この子は、こんなに強く自己主張をする子だっただろうか。

「……大丈夫。勿論《もちろん》、みんなで一緒に逃げるんだよ」

僕は若葉を安心させるため、頭を撫《な》でて落ち着かせる。

その後、真上を見上げた。サンルームの表面をびっしりと黒点蟲が覆っている。

しかし何とかしてここを突破しなければならない。

僕は自分の翼の羽を何本か抜き、その羽を天井に向かって放つ。

破魔の矢。僕の翼の羽から作られた光の矢が、サンルームの天辺《てっぺん》を貫いて、放たれた破魔の光が周辺の黒点蟲を焼き、光の逃げ道を作った。

「さあ行こう、若葉」

僕は若葉を抱きかかえた。貘はそんな若葉の腕の中にいて、他の小さなあやかしたちは僕の着物の裾にしがみついた。

「わっ」

飛び上がった瞬間、若葉が小さく驚き、体を強張《こわば》らせた。

サンルームを飛び出し、高い空まで舞い上がった頃には、その浮遊感に緊張して、ぎゅっと、僕に身を寄せる。

懐かしく、切ない気持ちになってしまう。

以前は当たり前のように、彼女は僕を「お兄ちゃん」と呼んで、こんな風に側にいて、慕ってくれていた。

「散れ」

前方で群れていた黒点蟲がまばらに散る。

僕の言霊が一時的に利いたというだけで、またすぐに別の黒点蟲が群れを成し、僕たちを追いかける。

人間を対象に作られた黒点蟲は、僕というあやかしには見向きもしないが、若葉のことを執拗《しつよう》に追いかけているのだ。

若葉は人間でありながら霊力が高い。

そういう人間を率先して襲うよう、プログラミングされているのだろう。

黒点蟲とはそういう、兵器として作られた、生きたあやかしなのだ。

「私、知ってる」

腕の中で、若葉が小さく呟《つぶや》いた。

彼女は青白い顔をしていたが、しっかりした口調で言った。

「前にもこうやって、飛んだことがある。あなたに抱えられて」

「……若葉」

その言葉に、ヒヤリとした。

じわじわと焦りも込み上げてきたが、

「もう、喋《しゃべ》ってはいけない。口を押さえているんだ。息をしたら、黒点蟲の鱗粉を吸ってしまうから」

何より先に、若葉を浅草の外に逃がしてあげなければ。

その感情を優先させて、僕は襲い来る黒点蟲を撒《ま》きながら、飛んだのだった。

若葉は言われた通り、もう何も言わずに口を押さえて大人しくしていた。


「注連縄《しめなわ》の外まで来たから、もう大丈夫だ。さあ大きく息を吸って」

若葉は大きく息を吸った。

注連縄の外まで出てしまえば、三重の結界により黒点蟲は襲ってこない。

ただ、人間たちが立ち入り禁止を命じている範囲の外もまた、中の様子が気になっている者たちや、浅草に住む家族や知り合いと連絡が取れずに心配している者たちも大勢いて、混乱している。

　こういう混乱も、争いや怪我《けが》、二次災害の原因になったりする。

　そんな中に若葉を置いて行くのは心配だが、僕はすぐにでも浅草に戻らなければならなかった。

「きっとお父さんとお母さんもいる。どこへ行くと言っていたか思い出して、急いで捜すんだよ」

　僕は若葉にそう言って聞かせた。

　そして小さなあやかしたちに若葉を任せ、何かあったら浅草地下街あやかし労働組合の人間を頼るように言った。小さなあやかしたちには、わかるだろうから。

「あなたはどこに行くの？　まさか、戻るの？」

　若葉が僕の服の裾を握りしめて、心配そうな顔をしている。

「……うん。僕が行ったところで何の役に立つのかわからないけど、みんなが、命を懸けて戦ってる。僕もまだ、誰かを助けられるかもしれないから」

　僕は少し、嫌な予感がしていた。

　すぐにでも若葉から離れなければと思っていた。

　本当はずっと側にいてあげたいけれど、もうこれ以上は、若葉のためにも良くないとわかっていた。

若葉は以前と違って、完全にあやかしが見えるようになっている。
それは僕のことを、兄のことを思い出すきっかけになってしまうかもしれない。
年末の、あの事件のことを思い出してしまったら、彼女はきっと自分を責めるだろう。
悲しみに押しつぶされてしまうかもしれない。
だから、ずっと、できる限り接触しないようにしなければと思っていた。
できる限り遠くに行って、若葉の視界の、興味の外側に出なければ、と……
自分を掴《つか》む若葉の手を下ろし、彼女に背を向ける。
そう。これでいい。
こんな風に、あっけない別れでいい。
僕のことなんて、何一つ、思い出さなくていいから。
「待って！」
若葉が叫んだ。
僕は振り返るつもりも待つつもりもなく、翼を広げた。
「待ってよ、お兄ちゃん！」
しかし飛び立とうとした瞬間、その声に、言葉に、自分の身が竦《すく》むのを感じた。

今、若葉は何と言ったのか？

僕のことを「お兄ちゃん」と、言ったのか？

「私、忘れてないよ。忘れてないんだよ……っ、お兄ちゃん」

若葉は僕の背に向かって、必死になって叫んでいた。

「あなたの本当の名前は〝ヤトリ〟。だけど、私のお兄ちゃんだった時の名前は〝継見由理彦〟。そうでしょう、お兄ちゃん！」

「……若葉」

絶対に振り返らないと決めていたのに、振り返ってしまう。

若葉はボロボロと大粒の涙を零して泣いていた。

だけど、その涙は僕の知っているものとは違う。

見えない何かを怖がって、僕に縋ってメソメソと泣いていた若葉の涙とは、違う。

彼女は確かに泣いていたけれど、その瞳は、強く熱い意志を秘めていた。

「私、あなたを捜しに行くからね」

「…………」

「あなたが何者で、どうして私のお兄ちゃんだったのか。私は何も知らない。どうしてこんなことになっちゃったのか……っ。本当に何も、わからない。お兄ちゃんのこと、何もかも、わかってあげられない……っ。だけど、ちゃんと知りに行くから」

まとまりのない、だけど溢《あふ》れ出る言葉を発して、僕に伝えようとしている。

自分が、僕を理解しようとしていること。

兄だった頃の偽りの僕ではなく、今目の前にいる〝あやかし〟の僕を知ろうとしていること。

「逃げてもいいよ。だけど、どこへ行ったって、絶対にお兄ちゃんを見つけてみせるから」

大人びた強い眼差《まなざ》しをして、若葉は僕を見つめていた。

あんなに弱々しく、怖がりでおとなしかった少女が、まるで別人のように堂々として、目の前にいる僕に宣戦布告をしている。

ああ、そうか。

きっとこれが、本当の若葉なんだ。

若葉は、弱く、守ってやらなければならない存在などでは決してない。

僕の存在を思い出したところで、潰れてしまう娘ではないのだ。

僕は今まで、若葉の本当の強さを知らず、彼女のことを見くびっていたのかもしれない。

こんな非常時に、思わずフッと笑ってしまう。

こんな状況下で、何がそんなに面白く、嬉《うれ》しかったのか。

僕は彼女の宣戦布告に対し、あやかしらしい視線と口ぶりで、受けて立つ。

「なら、僕を捕まえてみるといいよ。若葉」

妹だった頃の若葉には、決して見せたことのないような、妖しく意地の悪い微笑《ほほえ》みを浮かべていただろう。

望むところだと思った。

もう誰も、若葉を止められやしない、と。

「うん。待っていて。お兄ちゃん」

若葉はニコッと笑って強く頷《うなず》いた。

それを見て、僕はそのままフッと顔をそらし、彼女の目の前から飛び立った。実に呆気《あっけ》なく、あやかしらしく姿を眩《くら》ます。

だけど寂しさや名残惜しさは、微塵《みじん》もなかった。

嬉しい。恐ろしいほど心が震えている。

動揺と感動が、訳のわからない形で渦巻いている。

僕はずっと、若葉に会うのが怖かった。若葉に自分のことを忘れられたくない、思い出して欲しいという願いが、僕自身にも芽生えてしまいそうだったから。

あやかしらしい、この一途《いちず》な感情や居場所に対する執着は、きっと若葉の平和な日常を壊してしまうだろうと、自覚していたから……

だけど、若葉は凄《すご》いね。

平和な日常が壊れる怖さより、僕を忘れる恐ろしさの方が、勝っていたなんて。

若葉はきっと、僕を捜し出すために、あらゆる努力を惜しまないだろう。

その過程で、彼女は平穏な日々を捨て、こちら側の世界に足を踏み入れることになるかもしれない。

しかし僕がどう足掻《あが》いたところで、もう彼女を止められる者などいないのだ。


私を忘れないで。

それは勿忘草《わすれなぐさ》の花言葉。

僕の本当の姿を、願いを、一番最初に見つけ出してくれるのは、いつも若葉だったね。

君は今、その足で、その目で、僕とあやかしに関わる〝人生〟を歩み始めたのだ。

《裏》若葉、ずっと誰かを捜していた。

若葉。

もう何も怖くないよ。


優しい声で、誰かに、自分の名前を呼ばれる夢を見た。

「はあ、はあ。……っ」

夜中に飛び起きて、気がつけば泣いている。

懐かしい気持ちに胸を締め付けられている。

ここ最近ずっと、同じ夢を見ている。

黒い影に追いかけられて怯《おび》えている私を、知らない男の子が迎えに来て、手を差し伸べてくれる、そんな夢。

大丈夫。もう何も怖くないよ。

そう言って、私を安心させてくれる、高校生くらいの男の子だ。

誰だろう。優しい声を、私はよく知っている気がする。

ずっと、この男の子を、私は捜している気がするのだ。

日常のふとした時。

寂しい時。

そして、夢の中でさえ……

だけどまるで覚えがない。私の身近に、そんな男の子はいない。

私には死んだ兄がいる。でも兄が死んだのは幼い頃のことだ。

なら、あなたは誰？

優しい声、柔らかな髪、温かな手のぬくもりを確かに覚えているのに、顔がまるで思い出せないのだ。

夢の中でこの男の子に手を引かれ、暗いトンネルを抜けようとすると、男の子はいつも、光と影の境で立ち止まる。

そして私に「さあ行って」と言い、光の差す方を指差すのだった。

「あなたは外に出ないの？」

そう聞くと、トンネルの陰で立ち止まったままの男の子は寂しげに笑って、

「僕はもともと、こっち側の存在だから」と答える。

そして口元に人差し指を添えて、囁《ささや》き声で唱える。

――私を忘れないで。


ここでいつも夢は終わる。そして私は、泣きながら飛び起きるのだ。

私を忘れないで。

私を、忘れないで。

それは勿忘草の花言葉。

私が一番大好きな花だ。サンルームで大切に育てているし、押し花にして読書で使う栞《しおり》まで作ったもの。

あれ。

だけどあの栞、どうして作ったんだっけ？

誰かにプレゼントとしてあげようと思って作ったはずなのに、誰のために作ったのか、思い出せない。

その人は読書が好きだった。休日の、晴れた日の昼下がりには、時々サンルームでお茶をしながら、ゆったりとした時間の中で難しそうな本を読んでいた。

長いまつ毛が影を作る、伏し目がちな表情が好きだった。

誰。あなたは誰。

私はいったい、誰を忘れているというの。

思い出したいと願っているのに、パズルのピースが上手《うま》く組み合わない。

胸が苦しい。会いたい。

大切だったはずの、この男の子に――


「おい。継見若葉」

真夜中に見た夢に混乱して、ベッドの上でポロポロ泣いていると、開け放っていた窓から銀髪の男の人がやってきた。

「リン君」

「……泣いているのか」

「ううん、大丈夫」

ゴシゴシと、パジャマの袖で目元を拭いた。

「リン君、またバクちゃん連れてきてくれたの？」

「ああ、こいつがお前に会いたがって鳴くからな」

リン君は私の秘密のお友だち。

いつも真夜中に訪ねて来て、時々、バクちゃんを私に会わせてくれる。

リン君は、人間じゃなく〝あやかし〟という存在なんだって。

バクちゃんがモゾモゾと身をよじって、リン君の腕の中から飛び出し、私のベッドに飛び乗った。そして私に甘えて、擦り寄る。

「バク〜」

このアリクイに似た不思議な生き物も、あやかしなんだって。

前に、バクちゃんがサンルームの中に迷い込んで、鳴いていたことがあった。その鳴き声が私を呼んでいるように聞こえて、私は慌ててサンルームに行き、バクちゃんと出会ったのだった。

バクちゃんは初めて出会ったとは思えないくらい、私に懐いていた。

そんなバクちゃんを捜して、リン君がサンルームまでやってきて、私と鉢合わせたのだった。あの時の、リン君の焦った表情は今思い出しても少し笑える……

リン君は、どうやら以前より私のことを知っているようだった。

そして、あやかしが見えている私に、何より驚いていた。

前々から気配のようなものには気がついていたのだけれど、いつからか、それらは当然のように私の視界に映り込んでいた。

なぜか全く、怖くはなかった。

人ならざる存在である〝あやかし〟たちについても、リン君が度々ここへやって来て、少しずつ教えてくれた。

そうそう。リン君は吸血鬼らしい。

でも、私は一度も血を吸われたことはないなあ。

私が部屋でバクちゃんと遊んでいると、いつも窓辺に背をつけて、しかめっ面のままその様子を眺めているリン君。

だけど今日は、いつもと様子が少し違う気がする。

「リン君、今日はちょっと元気がないね。何か、辛《つら》いことがあったの？」

「…………」

リン君はハッとしたような表情だった。

だけどすぐに、いつものクールな顔つきになって、

「継見若葉。あやかしの見える日々には、もう慣れたか」

あからさまに話をそらした。

きっと何かあったのだろうけど、リン君は自分のことはほとんど語らないからな。

だから私も深くは聞かずに、リン君の問いかけに答えた。

「うん。怖いのに出くわしても視線を合わさないようにするといいって、リン君が教えてくれたじゃない？　だから全然平気。浅草に住んでるあやかしたちは、基本的にみんな、

いい人そうだし。人間に化けて生活しているあやかしばかりだし」

近所の花屋さんの店長が、実はあやかしだったと知った時は、驚いたけどね。

私がそんな話をすると、リン君は珍しくフッと笑った。

「つぐみ館にも、昔からあやかしたちがいたんだよね。気配には気がついていたんだけど、最近までそれが何なのかわからなくて、得体が知れなくて、ずっと怖かった。……だけど、どうしてかな。見えるようになってからは全然怖くないの。まるで、昔からよく知るお友だちみたい」

小さなものたちは、私が生まれる前からこのつぐみ館にいて、私のことも見守ってくれていた。それがわかるからかな。

ちょうど私の部屋に、つぐみ館に住んでいた小さなあやかしたちが訪ねて来た。

「わかばたま〜」

「あそびまちょう」

バクが来ているとわかると、こうやって小さなあやかしたちも寄り集まってきて、一緒になって遊び始める。

確かに人ではないし、ただの動物でもない。

だけど、決して悪い子たちじゃない。みんなとても優しくていい子たち。

「そいつらは弱いからな。人間に危害を加えるような度胸もない。そんなことをしたらすぐに、人間の退魔師や陰陽師《おんみょうじ》に調伏《ちょうぶく》される」

「退魔師や……陰陽師？」

「あやかしを祓《はら》う者たちのことだ。最近は、あやかしの保護なんかも仕事にしているみたいだが」

「その人たちも、あやかしが見えるの？」

「当然だ。興味があるのか？」

「……私以外にも、見える人がいるんだと思って」

リン君は腕を組んだまま少し考え込んで、

「本当はお前も……そういう人間と関わり、色々と教わった方がいいのだろうがな。オレはあやかしの立場でしかものを考えられない。お前に教えられることは、とても少ない」

冷めたような口ぶりだったけど、その言葉は、妙に私の心に残った。

ベッドの端で、膝を抱えて俯《うつむ》く。

そして、今まで誰にも言ったことのなかった、本音のようなものをポツポツと語る。

「……私、あの人を、見つけたいの」

「あの人？」

「夢に見る男の子がいるの。私、その人のことがとても大切だったはずなのに、どうしても思い出せない。だけど、思い出したいの。見つけ出したいの。……忘れたくないの」

その人を見つけられる力が欲しい。

その人を理解できる知識が欲しい。

今のままの自分じゃダメだ。

私は何をすればいいんだろう。どこに行けば……

「お前から、その記憶を奪ったのはオレのようなものだ」

「……え？」

私は顔を上げた。

リン君は、どこか複雑そうに眉を寄せ、横目で私を見ていた。

「知りたければ追いかけ続ければいい。あいつはきっと逃げるだろうが、それでもめげずに、諦めずに追いかけ続けろ。お前の潜在能力は類い稀《まれ》なもの。その力を磨き続ければ、きっとあいつに手が届く」

「あいつ……？　リン君は、その人を知ってるの？」

「まあな。昔から隙がなくて、苦手な奴《やつ》だった」

昔から……？　昔っていつだろう。

疑問ばかりだったけれど、この話をするリン君の気まずい表情が、何だか少しおかしかった。

「ふふっ。でも、そっか。リン君の知り合いってことは、あの男の子は本当にいるんだね。

この世界の何処《どこ》かに」

「…………」

「そうだよね。追いかけ続ければいいんだよね。うん、わかった。頑張る」

密《ひそ》かに両手の拳を握って、意気込んだ。

その道を見つけて、絶対に逃げない。

何をどう頑張ればいいのかわかっていないのに、私は心にそう誓う。

「……継見若葉。その貘《ばく》は、お前が預かっていてくれないか」

突然の提案に、私は「え？」と首を傾《かし》げた。

リン君は何のつもりか、このままバクちゃんを置いていくつもりのようだ。

そしてリン君は、懐から白いカードのようなものを取り出し、それを指に挟んでスッと私の方に投げる。

カードは綺麗《きれい》に目の前に着地した。そこには誰かの電話番号が書かれていた。

陰陽局《おんみょうきょく》スカイツリー支部、青桐《あおぎり》……とある。誰？

「今後、何かあればそこに電話しろ。そこにはお前の力を理解し、お前の望みを叶《かな》えるべく導いてくれる者たちがいる。……それと、明日はできれば浅草から遠くへ逃げた方がいい。ここもどうなるかわからない」

「どういうこと？　明日、何かあるの？」

カードを見ていた顔を上げる。私は一抹の不安に駆られていた。

「リン君は？」

「……オレもこの先、どうなるかわからない。だから、その獏はお前が預かっておいてくれ。きっとお前の良い相棒になってくれる。そいつがお前の夢を導いて……あいつを思い出させてくれるはずだ」

リン君は私に背を向けつつ、

「すまなかった。継見若葉」

心苦しそうな声で、なぜか私に謝った。

そのまま窓から飛び降りる。

「ま、待って！」

慌てて窓辺に駆け寄り外を見た時にはもう、リン君の姿はどこにも見えなくなっていた。

「バク〜〜〜」

バクちゃんが寂しそうな顔をして、不安げに鳴いている。

ご主人様に置いていかれたからかな。

「リン君、行っちゃったね。でも大丈夫。私がずっと一緒にいてあげるよ」

私はバクちゃんを抱きしめて、再びベッドに横になる。

小さなあやかしたちに「おやすみなさい」と言うと、彼らはコクンと頷《うなず》いて、各々の住まう部屋に戻っていった。

呼吸を少し繰り返しただけで、驚くほどスッと眠りについた。

深い、深い眠りの先で、また夢を見る。

今度は鮮明すぎる、長い夢を……


「…………」


翌日の朝、目を覚ました時、私はやはり泣いていた。

ボロボロ、ボロボロと、大きく見開いた目から音もなく涙が零《こぼ》れ落ち、薄い掛け布団を点々と濡《ぬ》らす。

だけど、いつもの朝とは違う。

目の前の景色は涙で歪《ゆが》んで霞《かす》んで見えたが、頭の中はスッキリと冴《さ》え渡り、濃い霧が晴れたよう。

勿忘草《わすれなぐさ》。オフィーリア。夢喰《く》い。栞《しおり》。白い鳥。嘘《うそ》。本当。嘘……

最後のパズルのピースがカチッとはまる。

あの男の子の顔も、今ならば鮮明に思い出せる。

ああ……

私、どうして、忘れていたんだろう。

こんな大事なこと。

あんなに大切だった人のこと。

——ヤトリ。

それが〝お兄ちゃん〟の本当の名前だったね。

第八話　セイメイとクズノハ（一）

それは、この現世《うつしよ》を含んだ、魂の循環する巨大な世界の集合体のこと。

世界系——

この世界系の管理を司《つかさど》る神々の世、高天原《たかまがはら》。

善人の魂が死後に行き着く、黄泉《よみ》。

人類の支配する、現世。

あやかしの支配する、隠世《かくりよ》。

人とあやかしが同じだけ力を持ち支配権を争い続けている、常世《とこよ》。

悪人の魂が死後に落とされる、地獄《じごく》。

我々の世界系は、この順番で〝六つの世界〟によって構成されている。

そして、我々九尾狐の故郷である常世とは、最も地獄に近い位置にある、生者の世界だった。

常世では、あやかしや妖怪のことを総じて〝妖魔〟という。

現世のあやかしとは少し違い、知性を持った人外という位置づけで、常世の人間たちはごく当たり前のように見鬼《けんき》の才を持っているため、その目には必ず映る存在だった。

だからこそ、別種の存在としてお互いが認識し合い、争いや諍《いさか》いが起こりやすかったのかもしれない。

もともと、常世の妖魔側の王は鬼であった。

そして鬼王に仕えていたのが、狐《きつね》や犬であった。

妖魔たちが鬼によって統治されていた頃、人間との戦争はいくつかあったものの、常世はまだ安泰だった。

あのまま鬼が王であったなら、人間たちとも和解の道を築くことができたかもしれないし、常世は今ほど酷《ひど》い世界になってはいなかっただろう……

ある日、常世の鬼王は言った。

人間の国の姫を花嫁に貰《もら》い、人間の国と和解する、と。

多くの妖魔たちは人間側との和解を喜んだが、一方で、人間に居場所を奪われ、大切な者を殺された経験のあった妖魔たちは、この決定に反対していた。

妖魔の中で鬼の次に力を持っていた、九尾狐《きゅうびのきつね》の一族も反対派であった。

というのも、九尾狐たちはもともと国を持っていたが、人間たちによって攻め入られ、大虐殺の果てに国を奪われた歴史があった。

しかし鬼王は、自らの決定を覆すことはなく、人間の姫を花嫁に迎えた。

鬼王は人間の姫を愛し、二人の間には子が生まれた。

しかし人間の血の混じったその子を次期国王とは認められないと、九尾狐たちは密かにクーデターを企てる。

クーデターの首謀者であった九尾狐の頭領には、ミクズと言う名の孫娘がいた。

ミクズは賢く美しく、鬼王や王妃の懐に入りその信用も得ていたが、裏で鬼王の暗殺を命じられていた。

ミクズは命令どおり鬼王と王妃を殺した。

ミクズもまた、人間に母を殺されており、人間に対し強い憎悪があったのだった。

この時からミクズはもう、後戻りなどできない修羅の道を歩んでいたのかもしれない。


一方で、鬼王と王妃の血を引く王子の命だけは何とかお助けせねばと、王子を連れて逃げた二人がいた。

この二人もまた九尾狐であった。

名をセイメイとクズノハと言い、鬼王直属の〝異界研究室〟の研究員であり、夫婦だった。

セイメイとクズノハは〝世界系〟の研究をしており、異界転移の方法も心得ていたため、すぐに〝現世〟へと飛んだ。

得意の化け術で人に化け、人に溶け込み、鬼王と人間の血を引く王子を育てたのだ。

現世は常世と違い、まだまだ未発達の世界であり、文明も常世には遠く及ばず。

九尾狐の追っ手を振り切り、あらゆる国を渡り歩き、最終的に東の島国に辿《たど》り着く。

セイメイとクズノハは、そこで人間の寿命しか得られなかった王子の一生を見守り、王子の子孫の繁栄を願って、お互いに一度目の命を燃やし尽くした。

それは、今まで誰にも知られることのなかった、常世の九尾狐たちの物語。

そして今後も、我々以外、知る由もない。

○

「これはこの世のことならず……」

俺の隣を、式神のクズノハが歩きながら、鼻歌を歌っていた。

いつもは金色の毛並みを持つ狐の姿になっているが、今ばかりは人型を保ち、この裏浅《うらあさ》草《くさ》の深い場所へと共に降りていく。

「鬼の因子を持った子孫はその後も血を繋《つな》ぎ、結果的には現世に〝鬼〟を生み出すきっかけとなってしまった。鬼の因子を持つ者は、強いストレスをきっかけに鬼化してしまうのじゃ。あの鬼夫婦のようにな……」

「…………」

「のうセイメイ。我々は間違っていたのだろうか」

クズノハは、結果的に俺たちが現世に〝鬼〟というものを持ち込んだことを、少し悔いているような、そうでもないような。

俺はクズノハの問いかけに対し、素直に答えた。

「ミクズが現世を乗っ取ろうというのなら、その抑止力となるのもまた鬼である。九尾狐たちは現世に鬼を追いやったことで、結果的に、現世侵略が困難になったのだ」

鬼王が死に、人間と妖魔の戦争がいっそう激化した常世。

双方の生み出した破壊と殺戮《さつりく》の兵器によって、常世の大地は抉《えぐ》られて、地獄から昇り立つ穢《けが》れた邪気によって、生者が安心して暮らせる土地の大半を失った。

九尾狐は極めて神聖な生き物であり、人間以上に地獄の邪気に弱く、もはや常世では、生きていられる場所が少ない。

九つの命があったとして、そんなものは常世では意味がなく、邪気に触れてしまえばあっけなく命を消費するだけ。

妖魔側は九尾狐の弱体化に伴い、人間たちに遥《はる》か劣勢を極めることとなる。

地獄の邪気にまともに耐えられるのは、鬼だけ。

これは地獄の獄卒を見ても明らかである。

もしこの時代に、妖魔の頂点に君臨するのが鬼王であったなら、人間に屈することも、邪気に怯《おび》えることもなかっただろうに。

ミクズもそれをわかっている。

自分が鬼王を殺し、常世の破滅を招いたということを。

だからこそ、奴《やつ》は〝鬼の王〟に拘《こだわ》るのだ。

「そういえば、現世には『人魚姫』という話があるな」

突然、クズノハが現世で有名なある童話について、語り始めた。

「人魚姫は人間の王子に恋をした。魔女に美しい声を売ってまで人間になったが、結局王子は人魚姫に恋をすることなく、人間の姫と結ばれた。その結果、人魚姫は他の人魚たちから王子を殺すよう命じられた。そうすれば、元の人魚の姿に戻れるから、と……」

しかし人魚姫に、王子を殺すことなどできなかった。

自分以外の女を愛した王子に対し、憎しみや悲しみの念はあったはずだが、王子を殺すことなく海の泡と消えたのだった。

「あの時、王子と妃《きさき》を殺していたら、人魚姫はどうなっていたであろうか」

クズノハの声は淡々と、もしもの物語を語る。

「殺していたならば、人魚姫もミクズと……姉上と同じようになっていただろうか」

「…………」

彼女がこの局面で『人魚姫』について語ったのには理由がある。

これこそが、ミクズの原点でもあるからだ。

「ならば、ここで決着をつけなければならない。俺たちがミクズから逃げ続けたから、こんなことになってしまった」

「その通りじゃ、セイメイ。もう、姉上を解放してやりたい」

クズノハはミクズの妹であった。

九尾狐の一族では、姫の立場であった尊き姉妹。

しかしお互い、別の道を選んだ姉妹。

「姉上は最後の賭けに出たようじゃ。貴重な〝黒点蟲《こくてんちゅう》〟を解き放つとはそういうこと。

その一方で、姉上は、死にたがっているようにも見える」

「お前が言うなら、その通りなんだろうな」

俺とクズノハもまた、九尾狐の夫婦だった。

何度生まれ変わっても、ずっと共にいる。

転生を繰り返す過程で、その関係性が少しずつ変わっていっても、お互いに寄り添い、強い情で結ばれている。

そう。あの鬼夫婦も真っ青な、超熟年夫婦だ。

「わかったようなことを言うんだにゃあ〜」

裏浅草の深い場所にある古い通路を歩いていた時、前方より、我々を咬《か》み殺さんとする禍々《まがまが》しい殺気に襲われた。

そんな殺気の向こうから、カラコロと高い下駄《げた》を鳴らしてこちらに歩み寄って来たのは、裾の短い着物を纏《まと》う、小柄な猫耳の女だった。

「金華猫《きんかびょう》……」

彼女はミクズの側近である、金華猫だ。

陰陽局《おんみょうきょく》のランク付けではS級に位置する。

その鋭い猫の瞳が、獣の眼光を帯びてこちらを睨《にら》みつける。

金華猫の背後には扉があり、彼女はそれを守っているようだった。

なるほど。ここが裏浅草の最深部……か。

ミクズは金華猫の守る扉の向こうにいるに違いない。

「裏切り者に、ミクズ様の何がわかる」

その声色からは、俺たちに対する激しい怒りと、ミクズに対する絶対の信頼を思わせた。

「金華猫。お前はやはり、常世の妖魔だったか」

「ニャハハ。そうですともそうですとも、安倍晴明《あべのせいめい》。いや、セイメイ様とお呼びした方がいいですかにゃあ？」

「……どっちでも構わん。どっちも変わらない」

「ニャハハ。確かに！」

何がそんなに面白いのか、金華猫は腹を抱えて笑っていた。

「それにしても、セイメイ様。浅草では今まさに黒点蟲が解き放たれ、人間たちを苦しめているというのに、顔色一つ変えないなんて余裕だにゃあ。黒点蟲って、あなたが常世で生み出したのでしょう？」

「…………」

「何だかんだと言って、人間なんてどうでもいいと思っているのでは？」

金華猫はわざとらしく首を傾《かし》げ、この暗い中でも双眸《そうぼう》を妖しく煌《きら》めかせる。

「元は常世の九尾狐。そう思っていてもおかしくない。人間なんていう種族は、我々にとって敵だったはずだ。……そうでしょう？　セイメイ様」

俺は何も答えなかった。

金華猫はそんな俺に対し「はっ」と声を上げた。

「ミクズ様はお前とは違う。絶対に、常世のあやかしたちを見捨てない。腐った大地の真ん中で、穢れた邪気に蝕《むしば》まれ、腹を破り、ドロドロに溶けかけていた金華ちゃんを助けてくれた時のように」

「……お前」

金華猫の眼差《まなざ》しは、次に俺の隣にいたクズノハをとらえていた。

「金華ちゃんも、ミクズ様を裏切ったりしない。汚いことは全てミクズ様に押し付けていたくせに、本当の妹だったくせに、ミクズ様を裏切ったそこの女狐《めぎつね》とは違うのにゃ」

金華猫とミクズの関係性から、金華猫がクズノハを意識するのも無理はない。

奴はミクズを姉のように慕っているが、本物の妹ではないから。

「金華猫。そなたの言いたいことはわかる」

クズノハは金華猫に理解を示すような、切なげな表情をする。

「しかしクズノハとて、姉上とは違う信念を持っておる。王と妃への忠誠心と、愛する夫がいたとあれば、姉上を裏切ることもあろう」

「はん。要するに妖魔の未来や実の姉より、一匹の男を取ったたって話かにゃ。頭お花畑だにゃ〜」

猫耳の穴を小指で穿《ほじ》って、適当に聞き流す金華猫。

そんなことはお構いなしで、優雅に構説を垂れるクズノハ。

「鬼夫婦の愛の形があれば、狐《きつね》夫婦の愛の形もあるだろうに。そもそも、選択を誤ったのは姉上の方じゃ。姉上の行いが、結果的に九尾狐と常世を破滅に追いやった」

「…………っ、それがわかっているからミクズ様は必死なんだ！」

金華猫が感情的な声を上げる。

クズノハは、あえて金華猫の地雷を踏んだのだ。

「ミクズ様が全部悪いっていうのか！　鬼王を暗殺させたのだって、他の九尾狐たちじゃないか！　ならばどうして、お前たちが九尾狐たちを止めなかった！　ふざけるな……っ」

金華猫は俺たちを指差し、声を張り上げた。

何度も何度も、ふざけるなと俺たちを詰《なじ》った。

その余裕のなさが、ミクズや常世の妖魔たちの末期を思わせる。

「今更そんなことを言って、何が変わる。何もかもが遅いのじゃ」

クズノハは厳かに断じた。

俺が何かを語る隙もない。因縁のある女同士のやりとりは恐ろしい。

「もういいもういい、もういいもういい！」

悲鳴にも近い声を上げて、金華猫は頭を抱え、首を振っている。

「ミクズ様には金華ちゃんがいるだけでいい！　お前たちが現世の人間たちの味方をする

のなら、金華ちゃんだけは永遠にミクズ様の味方なのだにゃ！」

金華猫は顔の前で指を組み、

「狭間《はざま》結界！」

その、あやかし特有の結界術を展開した。

強い妖気が周囲を満たし、霧が立ち込める。

その霧が消えた頃には周囲の景色が変わっており、そこは無数の野良猫たちの集う、廃れた街の路地裏のようであった。

これは、金華猫の狭間結界術か。

この空間では、金華猫が幻術でいくつもの分身を生み出し、敵を翻弄するようだ。

「狭間結界〝金華ちゃんオンステージ〟！　ストレイ・キャッツ版だにゃあ〜」

「ああ、野良猫たちの舞踏会」

「今宵《こよい》、生贄《いけにえ》となる野良猫たちは」

「パチンと弾《はじ》けて、幸せの国で再生を許される」

周囲のあちこちから、演劇じみた口調の金華猫の声が飛び交う。

暗闇の中から、無数の、見開かれた猫の眼《め》が俺たちを見ていて、異様なプレッシャーを与えてくるのだった。

「ニャハハ。どれが本物の金華ちゃんかわかるまい」

「ま。本物がわかったところで……」

「もう、意味もないんだけどにゃあ！」

周囲の空気の温度が、急激に上がるのを感じた。

複数の猫が、寂れた街の建造物の隙間から数多く飛び出し、俺やクズノハに飛びかかったのだ。

その瞬間、猫の体を風船のように膨らませ、真っ赤な熱を腹に蓄え、巨大な爆発を生んだ。自らの狭間結界が吹き飛ぶほどの、激しい爆発だ。

「セイメイ！　クズノハ！　死ね！　にゃはは、ニャハハハハハ」

金華猫の本体は、闇に隠れたまま高々と笑っていた。

分身の幻術かと思っていたが、これは違う。これは生身を持った、本物の猫。

常世の……戦争用の爆発兵器として開発された、本物の金華猫たちだった。

「なるほど。だから、ストレイ・キャッツなのか……」

「!?」

爆風が収まる頃、その黒煙の向こうで、五芒星《ごぼうせい》の光が浮かび上がる。

五芒星を背負い、口元に刀印を寄せたまま、俺は無傷で佇《たたず》んでいた。

「な……っ」

金華猫の、怯《ひる》んだ声を聞いた。

「なぜ、生きてる！　この爆発の中で！」

「なぜって。ふふ。式神であるクズノハが、我が主《あるじ》をお守りしたからじゃ」

クズノハはふわりと浮くと、俺の首に抱きつき、目を細め優雅に微笑《ほほえ》むその顔を、無表情な俺の顔に寄せた。

クズノハは九度の転生の過程で神格を得ており、一介の妖怪が生み出した爆発など防げる、強力な加護を付与することができるのだった。

「そんな、常世の妖魔が神格を得るなんて……そんなこと……」

金華猫の絞り出したような声に対し、クズノハは堂々と告げる。

「我が夫を誰と心得る。その名も、大陰陽師《おんみょうじ》安倍晴明ぞ」

いや、今は違うが……

などというツッコミが許されるいとまもなく、次から次に金華猫が襲いかかり、頭上や足元で爆発する。

クズノハの守護の加護の前にそれは無意味だとわかっていても、特攻をやめられない、哀れな生き物だ。爆煙の向こうから、小刀を携え、まっすぐこちらに向かってくる猫耳の少女の影を見た。

俺はそれをわかっていながら、両手でいくつかの印相を結ぶ。

「…………許せ。金華猫」

目を閉じ、唱える。

「オン・エンマヤ・ソワカ……ノウマク・サマンダ・ボダナン・ヤマヤ・ソワカ……オン・エンマヤ・ソワカ……ノウマク・サマンダ・ボダナン・ヤマヤ・ソワカ……」

背後に五芒星が浮かび上がる。その五つの頂に灼熱《しゃくねつ》の炎が灯《とも》る。

俺は焔摩天《えんまてん》の〝真言〟を繰り返し唱える。

すなわち、閻魔大王《えんまだいおう》の地獄の業火を一部借りる陰陽術。俺は閻魔大王との契約により地獄の業火を操る権利を有しているのだった。

これは一介の上級獄卒などでは扱うことのできない、閻魔天代行術でもある。

金華猫も、地獄の邪気の気配を含んだこの炎に気がついて、表情に恐怖を滲《にじ》ませた。

俺に向かって、小刀を突き立てながらも、この世で最も恐ろしいものを前にした動物の表情だった。

常世のあやかしにとって、地獄の気配ほど恐ろしいものはない。その邪気に、長年苦しめられてきたのだから。

だから俺は、許せ、と言ったんだ。

「急急如律令《きゅうきゅうにょりつりょう》」

五芒星の頂に灯った五つの炎が、俺の目前まで迫っていた金華猫を包む。

「ぎゃああああああああっっっ！」

その悲鳴が耳を劈《つんざ》く。

「おのれセイメイ！　おのれ、おのれ……っ！　私を地獄の炎で殺そうというのか！」

これは、大魔縁《だいまえん》茨木童子《いばらきどうじ》を葬った炎でもあった。

払い給《たま》え、清め給え。地獄の業火で焼き尽くせ。

金華猫は炎の中で、

「……ミクズ……さま……」

焼け焦げた手を、虚空に向かって伸ばしている。

「どうか……我らに……安住の地を……ミクズ様」

黒いシルエット。その指先からボロボロと灰になって散っていく。

居場所を欲したあやかしの、哀れな灰が降り積もる。

俺もクズノハも、目を逸《そ》らすことなく金華猫を見送った。

散々邪魔をしてきたし、いけ好かない娘ではあったが、金華猫の姉上への思慕は本物だった……

クズノハが、そう俺の隣で呟《つぶや》いた。

あの女にも、金華猫のような仲間がいて良かったとすら思う。

第九話　セイメイとクズノハ（二）

金華猫《きんかびょう》を葬った。彼女の魂は地獄《じごく》に落ち、その罪を償って転生の時を待つ。

だがもう一匹、地獄に落としてやらないといけない妖魔がいる。

俺とクズノハは、金華猫の積もった灰を横切って、彼女がその背で守っていた扉の前に立つ。重く閉ざされた鉄の扉だ。

ここが、裏浅草《うらあさくさ》の最深部——

漏れ出る凶悪な妖気は、俺もよく知るものだった。

俺は迷うことなくその扉を開けた。

しかし、目の前に広がった空間に、俺もクズノハも面食らう。

今もよく覚えている煌《きら》びやかな玉座の間が、そこに広がっていたからだ。

「ミクズ」

玉座に座り、酒呑童子《しゅてんどうじ》の首を抱えて眠りについていた、一匹の女狐《めぎつね》。

彼女は俺たちの呼び声に気がついたからか、フワリと瞼《まぶた》を上げて目覚める。

目覚めの一瞬のミクズの無垢《むく》な表情は、俺たちに、古く懐かしくもはや得難いものを思い出させた。

「あら……お久しぶりでございます。元同胞のセイメイ。そして、憎たらしい我が妹のクズノハ」

ミクズは俺たちに気がつくと、いつもの彼女らしい嫌な笑みをたたえた。

「常世《とこよ》の九尾狐《きゅうびのきつね》が、この現世《うつしよ》で三匹揃《そろ》うとは嬉《うれ》しいですねえ」

そして酒呑童子の首を玉座に据えて、立ち上がる。

彼女は優雅に両手を広げ、この眩《まばゆ》い玉座の間を見渡す。

「懐かしいでしょう。ここは我らが〝天津国《あまつくに》〟の玉座の間。かつて鬼王がこの玉座に座り、我ら九尾狐は跪《ひざまず》き、頭を垂れ、忠誠を誓っていた。……特に我ら三人は、鬼王によくしていただいた、極めて特別な九尾狐でしたね」

それは、遠い遠い昔のこと。

俺たちがまだ、常世という異界で、九尾狐として生きていた頃の話だ。

「お前が鬼王とその王妃を殺したことで、その日々も終わった」

「……鬼王が、人間の娘など愛してしまったからです」

まるで美しい思い出話に水をさされたかのごとく、ミクズは冷淡な表情になった。

俺はまず、最も気になっていたことを問う。

「酒呑童子の首を今更奪って、何をするつもりだ」

「何って？　酒呑童子様には復活していただき、ここに築く新たな国の、鬼王様になってもらうのです。あ。首を挿《す》げ替えることくらい、簡単ですから」

「……お前。随分と狂ってしまったな」

ミクズはどこか満足げに目を細めた。

「それはお互い様でしょう。セイメイ。我々は九つの命を使い果たし、答えに辿《たど》り着いたのです。やはり妖魔の王は、鬼でなければならなかった、と」

「…………」

俺はこの玉座の間を見渡し、他に何者かがいないかを確認する。

「他の九尾狐は来ていないのか？」

「あれらは現世に安全を確保するまでやってきません。人間の世など恐ろしくてたまらないのでしょう。本当に、臆病なものたち。全くもって、妖魔の王の器ではない」

「…………」

「常世に住む場所がなくて苦しんでいるのは、主に末端の妖魔たちです。九尾狐どもは強力な結界から、長らく出ておりませんから」

俺はミクズの行動、言動に神経を研ぎ澄ませていた。

隣にいるクズノハは、姉を見上げたまま口を噤《つぐ》み、ただ、眉をひそめている。

「セイメイ、クズノハ。黒点蟲《こくてんちゅう》は、お前たちの研究が生み出したものでしたねえ」

「……ああ。黒点蟲のもととなったのは、この世界系に連なる六つの世界を自由に行き来する〝妖星蟲《ようせいちゅう》〟と呼ばれる、極小の羽虫の妖魔だった。奴《やっ》らは空間を齧《かじ》って小さな虫食い穴を作るため、その特性を生かして異界転移の開発ができないかと考えたのだ」

それは遥《はる》か、遥か遠くのこと。

俺とクズノハが、まだ最初の姿で、研究者として鬼王に仕えていた頃のことだ。

異界の存在は古い時代より知られていたが、異界に行く方法は非常に限定的であった。

ゆえに、異界への行き来が自由にできる〝ワームホール〟を生み出す目的で妖星蟲について研究していて、その過程で〝黒点蟲〟は生まれた。

「どんな気分です？　自分たちが生み出したものが、現世の人間を苦しめているのは」

そう。あの対人間兵器を生み出したのは、俺たちだった。

妖星蟲は清らかな水を飲み羽を休めるが、その成育環境や飲み水によって、振りまく鱗《りん》粉《ぷん》の性質を変えるのだった。

この特徴を調べ、様々な実験、妖力情報の組み替えの果てに、〝妖星蟲から〝黒点蟲〟という、人間に害を与える妖魔兵器を生み出してしまったのだった。

「黒点蟲は常世の人間たちの国を守る結界を食い破り、毒を帯びた妖気の鱗粉で多くの人間を葬ってくれました。だけど仕方ありませんよね。人間だって、あやかし相手に残酷な兵器を使用したのですから。……神便鬼毒酒《じんべんきどくしゅ》もその一つ」

　ミクズは袖から〝神便鬼毒酒〟の小さな酒瓶を取り出した。

　これは、妖魔の霊力を一時的に封じる酒だ。常世の人間たちが対妖魔兵器として生み出し、妖魔側に大きな絶望を与えた産物だった。

　千年前の現世でも、ミクズによって大江山《おおえやま》のあやかしたちに振る舞われ、その霊力を奪ったものでもある。

　ミクズがこれを何らかの方法で確保し、いまだ持ち歩いているのはわかっていた。

　とはいえ、もうあまり残ってはいないようだが……あと一人分といったところか。

「今更そんなものを取り出して、何をするつもりだ」

「まあ聞いてくださいな、セイメイ」

　ミクズはニコッと微笑《ほほえ》み、その酒瓶を指で撫《な》でた。

　愛おしそうに。恨めしそうに。

「妾《わらわ》が幼くも無垢な娘であった頃、九尾狐の国は人間たちによって侵略されました」

　そして、遠い過去の話を始める。

「あの時、神便鬼毒酒を飲まされた九尾狐の女王、すなわち我が母の首が、人間たちによって落とされました。セイメイ、お前も承知ですね？　妾は妹のクズノハの目を両手で覆い、母の首が落とされる光景を、この目に焼きつけたのです」

「……ああ。当然、覚えているとも」

神便鬼毒酒を飲み、霊力を封じられた状態で首を落とされた九尾狐は、一度の命を落とすだけで死に至る。

九尾狐の国が人間たちによって滅ぼされたのは、あやかしの霊力を封じる神便鬼毒酒の開発に人間たちが成功し、それを初めて用いたからだ。

要するに、九尾狐たちはこの酒について何の情報も持っていなかった。

人間たちは、神聖な九尾狐たちを騙《だま》してこの酒を振る舞い、何もできなくなった九尾狐たちを大勢捕らえ、虐殺し、国を乗っ取った。

俺ももちろん覚えている。忘れられるはずもない。

何せ、俺もその場で、二人の狐《きつね》の姫を守っていたからだ。

俺は女王の側近の息子であり、ミクズとクズノハを任され、城の隠し部屋に潜んでいた。

幼いクズノハは姉によって目を隠されていたが、ミクズ自身は目を逸らすことなく、自らの母の首が落とされるところを見た。涙を流しながらも刮目《かつもく》して、食い入るように。

そう。それはまるで、かの狭間《はざま》の国《くに》のよう。

愛《いと》しい者の首が落ちる瞬間を見た、茨姫《いばらひめ》のよう。

ミクズはそっくりそのまま、自らが受けた悲劇と同じことを、現世の狭間の国にしてのけた。

だからミクズは恐ろしい。

だからミクズは、恐ろしいのだ。

「九尾狐の首が人間の手に落ちた時、妾は物言わぬ母の首に誓ったのです。何があっても諦めない、と。たとえこの身が九度焼かれようとも、絶対に人間たちから国を取り返す。絶対に、この無念を晴らしてみせる、と……」

少しばかり口を噤み、ミクズは視線を落とした。

「それなのに、どうしてあんなことになってしまったのでしょう。信じていた鬼王様は、人間を滅ぼすどころか、よりにもよって仇《かたき》である人間の娘を愛した。そして人間の国との和解をお決めになった。妾の無念を晴らし、必ずや九尾狐の国を取り戻してくださるという幼き日の約束を、なかったことにして」

その声音が、徐々に低く、怨恨《えんこん》を含んだものになる。

「妾はそれが許せなかった。人間と戦おうとしなかった鬼王が……っ」

そう。それこそが、ミクズの行動の裏側に潜むもの。

彼女の原点。

九尾狐たちは国を失った後、鬼王の国に迎え入れられ、居場所を与えられた。九尾狐たちもまた、持てる知恵や知識を活用し、鬼王のために力を尽くした。鬼王こそが、人間たちを滅ぼしてくれると信じていたからだ。

ミクズは特に、鬼王に心酔していた。

ミクズとクズノハを直接助けたのは鬼王であり、鬼王は二人の姫に誓っていたからだ。

必ずや、その無念を晴らそう。

その〝約束〟は、母の首が落とされたところを見たミクズにとって、どれほどの救いだったのだろう。生きる希望だったのだろう。

　そしてミクズは鬼王への恋慕の念を抱くようになる。当時のミクズの恋心を、俺も理解できないわけじゃない。

それなのに、よりにもよってその鬼王が、憎き人間の娘を愛し、妃《きさき》とした。

そして人間との和平を望んだ。

ミクズが鬼王を暗殺した理由は、他の九尾狐たちから命じられたから、というだけのものでは、決してない。

許せなかったから。

大切な〝約束〟を破り、人間の姫を愛してしまった鬼王を、許せなかったからだ。

恋心とは恐ろしい。

本来の賢いミクズであれば決して鬼王を殺さなかっただろうが、許せない感情が、報われなかった恋が、彼女を狂気に駆り立てた。

クズノハが人魚姫の童話に例えて話したが、ミクズはまさに、愛しい人を殺してしまった人魚姫。

そしてこの鬼王の崩御が、修正の利かない常世の終焉《しゅうえん》を、招いたのだった。

「……ああ……金華……」

扉の向こうの、降り積もった灰を見て、ミクズは悲しげな目をした。

そして深い袖の中に、神便鬼毒酒の酒瓶を仕舞う。

「あらあら、かわいそうに。妾の可愛《かわい》い金華猫が、燃えカスになってしまったわ」

俺たちを通り過ぎ、ツカツカと、その灰の山に近づき、触れる。

「そなたは妾の転生の度に、母体となってくれましたね。妹のようでもあり、母のようでもありました」

手を広げ、灰の山を抱きしめる。

「お疲れ様です。妾が必ず、あなたの魂が戻ってこられる、安住の地を作ってみせます」

ミクズは一粒ポロッと涙を流し、金華猫の遺灰を濡《ぬ》らす。

そのミクズの影が、ゆらゆらと揺れていた。

霊力の波が、不安定だ。

俺はこの現象をよく知っていた。

「……お前、悪妖《あくよう》に転じる気か」

ミクズは音もなく振り返り、灰にまみれた顔をこちらに向けた。

無感情なのに笑っている。笑っているのに、泣いている。

ゆらゆら、ゆらゆらと、彼女の憎悪は確実にその身を、心を蝕《むしば》んでいた。

「そうですとも、セイメイ。妾の憎悪は、唯一信頼できる仲間だった金華猫を失ったことで、完成に至った。今この時のために、彼女は死んでくれたのですから」

悪妖化。

それは陰と陽の逆転によって引き起こされる、あやかし特有の現象だ。

茨姫が大魔縁《だいまえん》茨木童子《いばらきどうじ》に転じ、霊力値を跳ね上げた現象と同じ。

今の今までミクズが悪妖化しなかったのは、それは諸刃《もろは》の剣であるから。

それでも、ミクズはここで最後の命をもってして、長く抱き続けた〝無念〟を晴らす気なのだ。

黒く、黒く、黒く――墨が染み込んで滲《にじ》むがごとく、黒く染まっていく。

肌も。目の白く柔らかな部分も。

反転して、黒髪は白く染まり、瞳は銀色に光り輝く。

一本しか残されていなかった尾は嫌な音をたてて無数に引き裂かれ、細く長い、先のとがった歪《いびつ》な黒鞭《むち》に変容する。

額の殺生石はひび割れて、腐臭漂う血を噴き出した。

その姿は、まさしくこの世の大魔縁。

大魔縁玉藻前《たまものまえ》と、のちに陰陽局《おんみょうきょく》は記録するだろう。


「姉上！　もうおやめください！」


クズノハが初めて、ミクズに対して口を開いた。

悪妖化したミクズに向かって駆け出し、その胸に勢いよく飛びついたのだ。

ミクズの目が大きく見開かれる。

「……クズノハ」

「もうおやめください、姉上。クズノハも、母を殺した人間を憎らしく思っておりました。セイメイもそうです。だからこそ、共に黒点蟲を生み出してしまった……っ」

だが、俺たちはその憎悪より、のちに鬼王への忠誠心が勝った九尾狐たちだった。

俺たちが何より大切に思っていたのは、鬼王の理想。

何より大事にしていた、弱き者も強き者も、妖魔が安心して暮らせる〝居場所〟を作るという理想。

だが、鬼王は気がついていた。

妖魔と人間の争いの果てに、常世の終焉があるということ。

それは異界研究をしていた過程で、地中より漏れ出る邪気の存在を知り、悟ったことでもあった。故に俺やクズノハにも同じ未来が見えていた。

なればこそ、鬼王は未来のために、人間との和平の道を歩もうとしていたのだ。

どんなに憎しみ合い、争い合い、最後の一人になるまで戦ったとして、平和な世を築く大地がなくなってしまったら、人も妖魔もありはしない。住めない大地に、安住の地などないのだから、と……

だが、結果としてそれは、一人の九尾狐の女に深い絶望を与えた。

ミクズの心情を鑑みれば、その絶望も十分に理解できたはずだった。

しかしこの絶望こそが、どんなに恐ろしい結果を生むかなんて、この時の俺たちには想像すらできていなかった。

「姉上……もう、やめましょう。悪妖になってまで、常世の争いごとを現世に持ち込むのは、やめましょう」

クズノハは姉を強く抱きしめていた。

哀れな姿に成り果てた姉に、説得を続ける。

「現世の人間たちから居場所を奪っても……形だけ国を手に入れて、鬼の王を立てたとて、幸せだったあの頃には、もう戻れないのです」

「……………」

「時間は巻き戻らない。母もクズノハも金華猫も、あなたの愛した鬼王も、戻らない」

ミクズにとって一番幸せだった時代。

それは、鬼王が自分の無念を晴らしてくれると信じて疑わなかった時代。

妖魔たちを統べる偉大な鬼王が、人間を討ち果たしてくれると、生きる希望を抱いていた時代だ。

ミクズがそれを取り戻したがっていることを、クズノハは十分に理解していた。

「ウルサイ。妾《わらわ》を裏切った妹の言葉など届かぬ。響かぬ。――――お前はもう、死ね」

だが、ミクズがクズノハを受け入れることはなかった。

一瞬のうちに、ミクズの腕が、クズノハの腹を貫いていた。

胴体に穴を開けたクズノハは、ボタボタと口と腹から血を流し、よろけながらミクズから後ずさる。

そんなクズノハを俺は後ろから支えた。そして彼女を抱えるようにして地面に膝をついた。

「これを……セイメイ……」

彼女は手に何かを握りしめており、俺を見上げて視線で訴えた。

それは、ミクズの袖の中に仕舞われていたはずの〝神便鬼毒酒〟。

「……クズノハ」

クズノハだってわかっていた。自分の説得でミクズが諦めるのなら、こんな、果ての見えない長い戦いにはならなかった、と。

だが、クズノハはあえてミクズの胸に飛び込み説得するふりをしながら、あるものを入手したのだった。

クズノハの意図は、彼女がミクズの胸に飛び込んだ時からわかっていた。

だから俺も、止めなかった。

「セイメイ。あとは任せたぞ」

「ああ……わかっている」

俺たちには、命を賭してもやらなければならないことがある。

それは、常世の九尾狐としての、最後の使命。最後の精算。

俺たちが生み出してしまったものを、この世に持ち込むわけにはいかない。

「先に……あちらに行っているぞ」

「ああ。少しだけ待っていろ。俺もすぐに追いつく」

俺は神便鬼毒酒を口に含み、クズノハの唇に自分の唇を重ね、それを流し込んだ。

クズノハは少しだけ微笑《ほほえ》み、俺の頰に触れ、そしてゆっくりと瞼《まぶた》を閉じる。

彼女の手の力が抜けて、手折られた花のように、地面にパタリと落ちていく。

「………………」

その温《ぬく》もりが滑り落ちる。

俺はクズノハの体を抱き、立ち上がって、悪妖と化したミクズを見据えた。

ミクズはその邪悪な姿のまま、勝ち誇ったような笑みを浮かべていた。

ゆらゆらと、邪悪な穢《けが》れを羽衣のごとく纏《まと》い、規格外な霊力のプレッシャーで俺を圧《お》し殺そうとしている。

「これはこの世のことならず」

しかし気圧《けお》されることなく、俺は淡々と唱え始めた。

長年連れ添った妻が残した最後の希望を繫《つな》がなければならない。

「ひとつ積んでは父のため。ふたつ積んでは母のため……」

唱え続けていると、俺に抱えられているクズノハの体が淡い金色の光に包まれて、その腹の傷口から、ふわふわと光の粒が舞い飛ぶ。

「みっつ積んではふるさとの……兄弟我身と回向して……」

この『賽《さい》の河原《かわら》地蔵和讃《わさん》』に隠した秘密が、クズノハにはある。

俺たちは九度、転生を繰り返した。

その魂が転生を待つ間、俺は地獄で力をつけ、クズノハは賽の河原で幼《おさ》な子《ご》の魂を黄泉《よみ》に導いていた。そうやって俺は地獄の高官となり、クズノハは神格を得たのだ。

そうやってお互い、最終局面に必要な力を身につけていた。

ミクズは俺たちが何かを行使しようとしていることに気がつき、

「おのれセイメイ！　何を企《たくら》んでいる！」

俺に向かって、その長い無数の尾をしならせて、俺を攻撃した。

その攻撃は、周囲に張っていた結界をも貫いて、俺の肩、横腹、足を削る。

「……っ」

流石《さすが》は悪妖化したミクズだ。今の俺ではとても太刀打ちできない。

だけど、唱え終わるまででいい。それまで、俺の体が保《も》てばいい。

九度目に全てを懸けていた。

クズノハとの約束を守りたい。

あいつらの、未来のために……

しかし歌の終盤、黒鞭の尾は真正面から結界を破り、今まさにクズノハごと俺を刻まんとする。

間に合わないか——

邪悪な殺気が目前に迫り、微《かす》かな諦めを抱きかけていた、その時だった。

目の前で、黒い尾が銀色に光る二本の刃によって弾《はじ》かれたのだった。

俺は目の前に現れた者たちに、目を大きく見開いた。

「話は全部聞いていたぞ、叶《かのう》」

「あなたたち、随分と長い間、戦ってきたのね……」

その者たちは刀を携え、頼もしい背中で俺を守りつつ、強い眼差《まなざ》しでこちらを振り返っていた。

天酒馨《あまさけかおる》。

そして茨木真紀《まき》。

かつて酒呑童子と茨木童子と呼ばれていた、二人であった。

ミクズも、天敵である二人の人間の出現には、流石に驚かされたようだった。

しかし焦るどころか、ニヤリと、不気味な笑みを浮かべる。

「ええ。ええ。わかっておりましたとも。お二人は戻ってくると。必ずや、妾の目の前に現れると」

まるで役者は揃《そろ》ったとでも言わんばかりだ。

「喜んでいるところ悪いが、お前はここまでだ。ミクズ」

「まずは浅草の上空にある黒点蟲とかいうのをどうにかなさい。常世と現世を繋ぐワームホールなんて、作らせないわよ」

天酒馨も、茨木真紀も、十分強い。

しかし、陰と陽の逆転により叶《かな》ったミクズの悪妖化《あくよう》。その異様な妖気を纏った大魔縁《ミクズ》を前に、二人は決して余裕のある表情ではなかった。

確実に感じ取っている。ミクズの膨大な霊力を。

悪妖化は、霊力を元の数字から倍に跳ね上げる。

いかに酒呑童子と茨木童子の生まれ変わりであれ、人の身で大魔縁と戦うのは至難の業である。

「ふふふ。ねえ、酒呑童子様」

ミクズはよく響く声で、天酒馨に問いかけた。

「あなたは、人間たちに虐げられたあやかしたちに、居場所を作ることを理想とし、あの狭間《はざま》の国《くに》を作ったのでしょう?」

「……ああ。その通りだ」

「ならば常世の妖魔たちをお救いください。これを捨て置いて、何があやかしの王か」

その目から血の涙を流すミクズに、天酒馨は僅《わず》かながらその言葉の意味を考えただろう。

しかしこれくらいで戦意を喪失する男でもない。

「ねえ、茨姫。あなたは多くのか弱いあやかしを守ってきました」

「………」

「あの虫食い穴を閉じるということは、常世を見捨てるということ。あの向こうで苦しむ者たちを、恵まれたものたちが見捨てるということ。この現世の、人間に支配された偽りの平和を、守るということ」

茨木真紀はミクズを睨《にら》み続けていた。

「あなたのような慈悲深き女王に、そんな無情なことができますか?」

現状、あまり深く考えてはいけないと思っていたであろう、常世の事情。

あのワームホールの先で苦しむ異界の者たちの事情。

本来の、馨と真紀の性格であれば、そういう者たちですら救おうとする。

ミクズはそこを突いて、動揺を誘ったのだ。

この最中、俺は力強く合掌した。

「!?」

パンと響く軽快な音で、この場の者たちの意識を集める。

俺はすでに『賽の河原地蔵和讃』を唱え終えており、俺の腕の中にいたクズノハは、無数の光となり、俺の手を離れて周囲を回っていた。

「ミクズの話を真に受けるな。茨木真紀。天酒馨。お前たちは、常世のことなんて、何一つ気にしなくていい」

「……え?」

「だ、だけど……先生」

ミクズの言葉にはあまり顔色を変えなかった二人だが、俺の言葉には振り返り、その表情は僅かに揺らいでいた。

だからこそ、俺が、この二人にはっきりと伝えなければと思った。

「お前たちが守るべきは現世だ。常世は滅ぶべくして滅ぶのだ。この結果は、あの世界に住まう者たちが選択し、歩んできた歴史の上にある。もはやあの世界の者たちが、受け止め、受け入れるしかないこと。自らの行いを省みず、現世を奪おうとすれば、結局同じことをこの世界で繰り返す」

愚かな行いは繰り返される。

殺し、殺され、奪い、奪われれば、もう止まらない。

憎しみの連鎖は、そう簡単に断ち切ることはできない。


「そんなことは、お前たちの物語でも、わかっていることじゃないか……っ」


馨も真紀も、じわりと目を見開いた。

周囲にはクズノハだった光が飛び交い、まるで俺を宿り木のようにして群がる。

クズノハが常世から持ち出し、その体内で飼っていた純粋な〝妖星蟲〟だ。

それらが、命令どおり俺を食らっていく。

「叶、お前……まさか……っ」

「先生、ねえ叶先生！　何しようとしてるの⁉」

蟲《むし》に齧《かじ》られ、虫食い穴のできる俺の体を見て、二人は俺の行動の意味を察していた。

彼らの瞳が純粋に驚いていた。前世の仇《かたき》であるはずなのに、敵意も何もなくて……

この俺が、お前たちにそんな目を向けてもらえるとは思っていなくて、内心、救われる想《おも》いだった。

「真紀。馨。よく聞け。俺たちは今から黒点蟲を祓《はら》う。絶対に祓いきる」

「え……？」

「だからお前たちは、絶対にミクズを葬れ。常世のことなど考えず、ただそれだけのために戦え」

目移りなどするな。

何もかも救おうとするな。

俺のことも許さなくていい。

俺たちの物語に、巻き込んですまなかった。

だから、

「お前たちはただ、愛する者が生きるこの世界を、ひたすら守ると誓え……っ！」

この言葉を最後に、妖星蟲は、溢《あふ》れんばかりに弾けて飛ぶ。

俺という存在もまた、長年連れ添った最愛の妻クズノハと共に、光の中にある——

俺の名は、叶冬夜《とうや》。

生まれた時から、九つの命の記憶を全て覚えている、異端な人間である。

途方もなく、長い長い、命の旅。

俺たちは何がために、長い時間をかけて九つの命を使い果たし、今、この時に至ったのか。

ミクズを倒すため。

現世を常世の侵略から守るため。

俺たちが生み出してしまった黒点蟲を祓うため。

いいや、違う。

お前たちの未来が幸せであるように。

ただそれだけのために、俺たちは長い旅路の幕を引く。

あとがき

こんにちは。友麻碧《ゆうまみどり》です。

浅草鬼嫁日記シリーズ第十巻、大変大変お待たせいたしました!

そしてそして、友麻にはよくあることですが本編最終巻が上下巻に分かれまして大変申し訳ございません。(第十一巻は十一月に発売予定です!)

さて。第十巻の終盤は「叶《かのう》先生が主役かな?」と思えるほど目立っておりました。

彼は今までずっと謎めいた人物でしたが、ある意味で、この物語の裏主人公でもあるのかもしれません。そんな叶先生の〝正体〟や〝事情〟まで描くことができ、作者としても感無量であります。

淡々としていながら、冷徹に見えながら、実はとても熱く愛情深い人であったのが、叶先生(セイメイ)だったのかな、と。真紀《まき》と馨《かおる》を「今世こそ幸せにする」という目的を達成するため、とてもとても頑張ってきた人です。

彼の目的は無事に達成できるのか、その願いは届くのか。

そもそも叶先生はどうなってしまったのか……

ぜひ、次の最終巻で確かめて頂けますと幸いです。

同月に浅草鬼嫁日記コミカライズ版「あやかし夫婦は君の名前をまだ知らない。2」が発売されます。（実質コミカライズ8巻）

こちら、原作で言うと第四巻のお話が、藤丸豆ノ介《ふじまるまめのすけ》先生の美麗な作画でとても感動的に描かれており最後まで収録されておりますので、ぜひぜひ読んでみてください。

由理《ゆり》と若葉《わかば》のお話も、ちょうど原作十巻で進展があったのでタイムリーだと思います！

富士見L文庫の担当編集さま。

本来は一冊予定だったこちらですが、上下巻で出すことになり色々と調整をしてくださいまして、本当にありがとうございます。最後のお話では皆に見せ場を作りたいと思っていましたので、思う存分に描くことができ私もとても嬉《うれ》しかったです。

イラストレーターのあやとき様。

ミクズや叶先生という重要キャラクターが引き立つ陰影の素晴らしいイラストで、シリアスな雰囲気もあり十巻の内容にピッタリで感動いたしました。今回もカバーイラストを担当していただき、本当にありがとうございました！

そして、読者の皆さま。

とても明るいノリから始まった浅草鬼嫁日記というシリーズですが、意外とシリアスな面も多かったかなと思います。「今世こそ幸せになりたい」というメインテーマは、ずっと変わらず、多くのキャラクターたちの胸の内にある願いでした。

未来のために。というのが最後のテーマです。

前世の記憶を持つ者たち、過去に縛られてきた者たちが、今を戦い抜き、未来の幸せのために選択をして、一歩を踏み出す……そんな本編最終巻をどうぞお楽しみに。

第十一巻でもお会いできますことを、楽しみにしております。

友麻碧

富士見Ｌ文庫

浅草鬼嫁日記《あさくさおによめにっき》　十
あやかし夫婦《ふうふ》は未来《みらい》のために。（上）

友麻《ゆうま》　碧《みどり》

2022年９月15日　初版発行

発行者　青柳昌行
発　行　株式会社 KADOKAWA
〒102-8177　東京都千代田区富士見2-13-3
電話　0570-002-301（ナビダイヤル）

印刷所　株式会社暁印刷
製本所　本間製本株式会社
装丁者　西村弘美

定価はカバーに表示してあります。　◇◇◇

●お問い合わせ
https://www.kadokawa.co.jp/（「お問い合わせ」へお進みください）
※内容によっては、お答えできない場合があります。
※サポートは日本国内のみとさせていただきます。
※Japanese text only

ISBN 978-4-04-074679-1 C0193